"自己那一颗忌讳粗杂、喜欢洗练的心,实际是徒劳的,犹如一株无根水草。"

春雪

丰饶之海（一）

ほうじょうのうみ
はるのゆき

[日] 三岛由纪夫 著

陈德文 译

广西师范大学出版社

辽宁人民出版社

~三岛由纪夫作品系列~

目录

- 一 1
- 二 16
- 三 28
- 四 43
- 五 52
- 六 69
- 七 86
- 八 99
- 九 108
- 十 115
- 十一 128
- 十二 135
- 十三 146
- 十四 162

十五 172

十六 178

十七 187

十八 194

十九 207

二十 214

二十一 225

二十二 235

二十三 246

二十四 258

二十五 276

二十六 279

二十七 290

松枝清显在学校里听人谈起日俄战争，问他最亲密的朋友本多繁邦，还记不记得当时的详细情景。可是，繁邦的记忆也大都模糊了，只是朦胧地记得当时被带到门口去看提灯游行。清显以为那场战争结束那年，两个人都已经十一岁了，按理也该记得更清楚些。尽管同学们谈起当时的情景来个个扬扬自得，但大都是从大人们那里贩卖来的，为自己的一知半解装点装点门面而已。

松枝家族中，清显有两个叔叔在那场战争中战死了。如今，祖母依然作为两个儿子的遗属继续领取抚恤金。她不把这笔钱花掉，而是搁在神龛上保存起来。

或许是这个原因，家中的影集里给清显留下最深印象的，就是明治三十七年[1]六月二十六日题为《凭吊得利寺附近战死者》的一张照片。

深褐色的油墨印制的照片，和其他杂乱的战争照片迥然不同。奇妙的绘画式的构图，数千名士兵，不论怎么看，都配置得十分得当，整个画面的效果都集中于中央一根高高的白色墓标。

远景是一片模糊的倾斜的山峦，左首宽阔的山裾徐徐隆起，右首的远方是稀稀落落的小树林，消失在黄尘的地平线上。代替山峦渐渐向右首升起的树林之间，透着灰黄的天空。

前景中有六棵高大的树木参天而立，以适当的间隔各自保持着平衡。树的种类不清楚，但枝干亭亭，梢头的一簇簇树叶在狂风里悲壮地飘扬着。

广阔的原野远处放射着微光，近处的荒草随风披拂。

画面的正中央有一个插着白木墓标和飘卷着白布的小小祭坛，上面放置着鲜花。

---

1 公元一九〇四年。

其余都是士兵，有几千名士兵。前景中的士兵一律背向着这边，军帽上挂着一块白布，肩上斜斜地攀着武装带。他们都没有排成整齐的队列，而是这里一团，那里一堆，低垂着脑袋。只有左角前景中的几个士兵，宛如文艺复兴绘画中的人物一般，用半个黑暗的脸孔冲着这边。左首深处，原野的尽头无数士兵分布成巨大的半圆，人数众多，自然认不出谁是谁来，远远地麋集在树林之间。

无论是近景的士兵还是远景的士兵，都映现着奇妙的微光，绑腿和长靴的轮廓闪闪发亮，俯伏的颈项和肩膀的线条也是亮晶晶的。整个画面也因此充满了无法形容的沉郁的气氛。

所有的人都向着中央小小的白色祭坛、鲜花和墓标波浪般涌过来，献上自己的一颗心灵。漫山遍野的巨大群体的一种难以言表的悲思，犹如一个沉重的巨大铁环向中央徐徐收缩……

正因为是一张深褐色的老照片，它所酿造出的悲哀是无边无际的。

清显十八岁。

他的一颗纤细的心灵沉浸于悲惋的忧思之中,然而,可以说养育他的家庭并未对他的这种性格起到过任何影响。

他家位于涩谷高台,宅第宽阔,家庭中很难再找到一个和他心灵相通的人。因为是武家,他的侯爵父亲耻于幕末卑贱的武士门第,将亲儿子清显从小就送给公卿家做了养子,否则清显也不会养成这副性格。

松枝侯爵府邸占据涩谷郊外一片广大的区域,十四万坪[1]的地面上千庑万室,比屋连甍。

主楼是日本式建筑,庭院一角有一座英国人设计的壮丽的洋馆。这种穿着鞋子可以入室的宅第,只有大山元帅[2]等四个家族,松枝府邸是其中之一。

庭院中心是以红叶山为背景的广阔湖面。湖里可以划船,中央有湖心岛,浮萍花开,还可以采摘莼

---

1 土地面积单位,一坪约合三点三〇六平方米。
2 大山岩(1842—1916),萨摩藩士,陆军大元帅。中日甲午战争时任第二军司令官,日俄战争时期任"满洲军"总司令官,后为元老、内大臣。

菜。主楼大厅面临湖水，洋馆的宴会厅也面临湖水。

湖岸和岛上各处张挂着二百盏灯笼。湖心岛上站立着三只铁鹤，一只垂首顾盼，两只仰天长啸。

红叶山顶有瀑布，重重水流围绕山腹流淌下来，钻过石桥，注入佐渡红岩[1]背后的水潭，而后汇入湖水，到了一定时节，浸润着菖蒲的根，绽放出美丽的花朵。湖里可以钓鲤鱼，冬天钓鲫鱼。侯爵一年允许小学生到这里来远足两次。

清显小时候受用人们欺骗，很害怕鳖鱼。那是祖父生病的时候，有人送来一百只鳖鱼，说是给他滋补身子。这些鳖鱼放入湖里养殖。用人们吓唬他说，手指头要是给鳖鱼吸住，就别想再拔出来。

府邸里有几座茶室，也有很大的台球房。

正房后面有祖父种植的扁柏林，那一带地方可以挖到好多野山药。林间的小路一条连接着后门，一条通向平缓的山冈。那里是一片宽广的草坪，坐落着一栋家里人称作"神宫"的祠堂，里边供奉着祖父和

---

[1] 新潟县佐渡岛出产的岩石。

叔叔的牌位。石阶、石灯笼和石鸟居，造型都按照一定的规矩，然而石阶下边左右，本该放置石狮子的地方，却摆着一对日俄战争时涂着白漆的炮弹。

比祠堂稍低的地方供奉着五谷神，前面有一座繁茂的藤架。

祖父的忌日是五月末，全家人集中在这里举行祭奠，正是藤花盛开的时候，女人们都挤到藤架下面躲避阳光。藤花的薄紫，一旦罩在她们比平时更加着意修饰的粉脸上，宛若沉落着优雅的死影。

女人们……

实际上，这座宅第住着无数女人。

首先应该提到的当然是祖母。祖母住在离主楼稍远的一个供她养老的宅子里，使唤着八个婢女。按照家里的规矩，不论是雨日或晴天，母亲早上一穿戴齐整，就带着两个用人去给祖母请安。每次到了那里，祖母总是对母亲的打扮上下打量一番。

"那种发型对于你不合适，明天再梳个时兴的瞧瞧，也许会更好看些。"

她眯细着慈爱的眼睛说。第二天，梳个时髦的

发型给她看,她又说:

"都志子呀,怎么看都像个古典美人儿,这种时髦发型不太合乎你。明天还是梳成个元宝髻为好。"

因此,在清显的记忆中,母亲的发型总是变来变去。

理发师傅领着徒弟经常在这座府邸里出出进进,主子们不用说了,四十多个奴婢的头发也要由他们打理。这位理发师傅只有一次对男人的头发表示过关心,那是清显在学习院[1]读中等科的时候,那年他要到宫中新年贺年会上担当"捧裾"。

"虽说在学堂里剃和尚头,可今天要穿大礼服的,总不能剃得精光啊!"

"可长长了要挨骂的呀。"

"没关系,我略微给打扮一番,反正要戴帽子的,一旦摘掉帽子,保您比其他少爷格外光鲜。"

话虽说得好听,十三岁的清显剃过头,看起来

---

[1] 1847 年创立于京都培养公卿子弟的私立学校。1877 年,为吸收皇族和华族,迁至东京。1884 年始为宫内省(管理皇宫事务的机关)管辖。1947 年同女子学习院合并,遂对社会开放。1949 年,成立学习院大学。

青青的发根显得凉飕飕的。梳齿刮得头皮生疼，发油渗进皮肤里，不论理发师傅吹嘘本事有多大，对着镜子照一照，脑袋并不显得有多么好看。

然而，在贺年宴会上，清显却很难得地获得了美少年的称誉。

明治大帝曾经有一次临幸这座府邸。当时为了迎接圣驾，在庭院里举行相扑比赛，供圣上御览。以大银杏树为中心张起了帷幕，陛下从洋馆二楼的露台上观赏角斗。清显对理发师傅谈起当年承蒙圣上接见，圣上还抚摸了他的头，直到那年新年入宫捧裾，其间已经四年过去了，想必陛下还记得自己的模样吧。

"是的，是的，少爷的头是承蒙天子抚摸过的头啊！"

理发师傅说罢，便从榻榻米上后退几步，虔诚地对着清显尚带着几分稚气的后脑勺，抚掌拜了一拜。

捧裾的少年身穿及膝的短裤，上衣是一色的纯蓝天鹅绒，胸前左右四对白色大绒球。左右袖口和裤子也缀着同样蓬松的白色绒球。腰间佩剑，白袜子外面套着黑漆锁扣式皮靴。镶着白色花边的宽大领饰，中央系着白绢领带。插着大羽毛的拿破仑帽子，用缎带坠在脊背后头。从华族[1]子弟中挑选二十名成绩优秀者，新年三天之内，轮流四人为皇后捧裾，两人为妃殿下捧裾。清显为皇后捧裾一次，为春日宫妃殿下捧裾一次。

轮到为皇后捧裾时，清显随皇后沿着舍人们点燃麝香的走廊，恭恭敬敬来到谒见厅里，侍立于被谒见的皇后背后，直到贺宴开始。

皇后气度高雅，聪明伶俐，无与伦比，可是此时上了年纪，已经近六十岁了。与皇后相比，春日宫妃三十光景，品貌双全，体态丰盈，宛如一朵鲜花，蕨然盛开。

至今浮现在清显眼里的，不是诸事都喜欢朴素的皇后的裙裾，而是妃殿下那飘舞着黑色斑纹的大幅毛皮周围，镶嵌着无数珍珠的裙裾。皇后的裙裾有四

---

[1] 1869年于皇族之下和士族之上设置的族称。开始仅限于称呼旧公卿和大名的家系身份（旧华族），1884年，根据《华族令》对维新功臣（亦适用于实业家）分别授予公、侯、伯、子、男爵位，并伴有特权身份（新华族）。1947年废止。

个把手，妃殿下的裙裾有两个把手，清显等侍童们已经经过了多次反复练习，握着把手走路并不感到困难。

妃殿下的头发漆黑，云髻盘鸦，光洁莹润，垂下的几根发丝次第同丰腴、雪白的颈项融为一体，一直飘散于穿着袒胸礼服的浑圆香肩之上。她端正姿势，径直果断前行，玉体轻摇，那动作虽然没有传到裙裾上来，但在清显眼里，那似扇形展开的香气馥郁的白色，随着音乐的旋律，宛若山巅的残雪，于飘忽不定的云影里时隐时现，或浮或沉。此时，他有生第一次发现那令人目眩的女性美的优雅的核心。

春日宫妃的衣裙上洒了大量法国香水，浓郁的馨香压倒了陈旧的麝香味。清显走在廊下，半道上打了个趔趄，一瞬间，裙裾向一边强拉了一下。妃殿下微微倾过头来，朝着失态的少年亲切地一笑，丝毫没有嗔怪的意思。

妃殿下并非明显地回头观望，她依然亭亭玉立，只是稍许侧过脸来，掠过一丝微笑而已。这当儿，几丝鬓发轻轻飘过直立的雪白的面颊，细长的眼角里黝黑的眸子，倏忽点亮一星火焰般的微笑，端正的鼻官无意中显得清净又挺秀……妃殿下一瞬间的侧影，犹如微微倾斜的某种清净的结晶的断面，玲珑剔透，又像刹那间一闪即逝的彩虹。

再说父亲松枝侯爵，在这个贺宴上目睹自己儿子身穿华美的礼服，一副光艳动人的样子，想起长年的梦想终于实现了，心中充满无限喜悦。由此，他感到不管自己有多么高的身份，曾经在自家恭迎圣驾光临，但只有这时才彻底治愈了占据他整个心胸的似乎是赝物的感觉。他从亲儿子身上看到了宫廷和新华族真正的亲密交往的形式，以及公卿和武士最终的结合。

侯爵在贺宴上，从人们对儿子的交口称赞中，起初感到喜悦，最后觉得不安。十三岁的清显长得太漂亮了。比起其他侍童，不论如何舍弃偏爱的目光，清显的美丽都是格外出众的。他白嫩的面庞兴奋地透着几分红晕，眉清目秀，充满稚气的眼睛睁得大大的，忽闪着长长的睫毛，放射着明丽的黑黝黝的光亮。

受到众人言语的触发，侯爵从亲儿子的过分美艳之中，反而清醒地觉察出一种虚无缥缈的美貌。侯爵的心里产生了不安的征兆。但是，他又是个极乐观的人，这种不安只限于当时那种场合，过后又从心里洗涤尽净了。

其实，这种不安倒是沉淀在饭沼的心底里了，自打清显捧裾那年的前一年，十七岁的饭沼就住进这座府第里了。

饭沼作为清显的学仆[1]，受鹿儿岛乡间中学的推荐，以学业优秀、体魄健全之名誉，被送到松枝家里来。松枝侯爵的先祖在当地被看作豪宕之神，饭沼只是透过家庭和学校传闻的这位先祖的面影，想象着侯爵家的生活情景。但是，来到这里一年，侯爵家的奢侈已经推翻了他脑里的影像，伤害了这位朴素少年的心灵。

对于其他的事情，他尽可以闭起眼睛，但对于唯一托付给自己的清显，他却不能这样做。清显的美貌、怯懦，以及对事物的感受方法、思维方式、志趣

---

1 寄居于别家，一边帮佣一边学习的青年。

和爱好,这一切都不能使饭沼满意。侯爵夫妻的教育态度也是出人意表的。

"俺即使当了侯爵,俺的儿子也绝不会照这样培养。侯爵对于先祖的遗训是怎么想的呢?"

侯爵只是对先祖的祭典十分认真,但平时很少言及先祖。饭沼时常梦想着,要是侯爵能够多少谈谈先祖的往事,表述自己对于先祖美好的追慕之情,那该多好。然而,一年过去,他的希望也落空了。

清显完成捧裾的任务回到家中,当晚,侯爵夫妇举行家宴庆祝。十三岁的少年竟然也被半真半假地灌了酒,喝红了脸孔。到了睡觉的时候,饭沼扶着他急急送到寝室。

少年的身子埋在缎子被里,头靠在枕头上,直吐热气。从短短的发际到绯红的耳畔一带,皮肤特别薄嫩,似乎可以窥视到内部脆弱的玻璃体组织浮现着一道道鲜明的青筋。嘴唇薄暗而红润,从那里吐出的气息,听起来犹如一位不识苦恼之严酷的少年,偏偏又在戏说苦恼的歌声。

修长的睫毛,不住闪动的细薄的水栖类的眼

脸……饭沼瞧着这张面孔，他深知这位今晚完成光荣任务的盛气凌人的少年是不可指望他会有什么感激和忠诚的誓言的。

清显睁大眼睛望着天花板，眼眶润湿了。一旦被这双润湿的眼睛所凝视，一切都会违反饭沼的意愿。尽管如此，他还是只能相信自己的忠实。清显似乎感到热，他正要把赤裸的光洁而红润的臂膀枕在脑后，饭沼立即为他向上拉一拉睡衣的领子，说道：

"要感冒的，快些睡吧。"

"我说饭沼，今天我做错了件事。实说了吧，你可不能告诉我的父亲和母亲啊。"

"什么事？"

"我今天捧着皇妃殿下的裙裾走路的时候，不小心打个跟跄，妃殿下微笑着原谅了我。"

饭沼对于他的轻薄的话语，对于他的不负责任，还有那湿润的眼睛里浮现的恍惚的神色，表现出极端的憎恶。

二

就这样，清显长到十八岁，渐渐想脱离自己的环境而独立出去，他有这种想法也是理所当然的。

这种独立不光游离于家庭之外。将学习院院长乃木将军[1]那种殉死作为崇高的事件向学生头脑里灌输，将军假如是病死就不会那样大张旗鼓宣传一番吧？这种教育传统变得越来越强加于人。因此，一向讨厌以势压人的清显，正因为学校里弥漫着素朴、刚健的空气，他十分厌恶起学校来了。

论朋友，他只和同班的本多繁邦关系亲密。当然，愿意同清显做朋友的很多，但他不喜欢同龄人的年轻、鄙俗，高唱院歌时有意回避那种郁郁不振和浅

1　乃木希典（1849—1912），陆军大将。日俄战争中任第三军司令官，攻陷旅顺。曾任学习院院长。明治天皇驾崩，夫妇为之殉死。

薄的感伤情绪。在这种年龄段之中，很少有人像本多那般沉静、蕴藉而富于理智，清显被他的这种性格吸引住了。

尽管如此，本多和清显无论在外表还是气质上，也并非十分相似。

本多的相貌较之他的年龄显得老成些，五官很平常，看起来有些装模作样。他虽然对法律学感兴趣，但平时只把敏锐的、一针见血的观察能力藏在心里，不肯轻易示人。而且，从表面上看，他没有丝毫官能上的魅力，然而给人的感觉是他的内心深处正有一团烈火熊熊燃烧，似乎可以听到木柴毕毕剥剥爆出火花的声响。每当本多略显峻厉地眯细着近视的双眼、蹙起眉头、平时紧闭的嘴唇微微开启的时候，从这种表情里就能窥知他的内心。

抑或清显和本多本是同根生的植物，各自长出了完全不同的花和叶。清显毫无防备地暴露着自己的资质，一副易于受伤的裸体含蕴着尚未足以左右本人行动动机的官能，宛若一只沐浴着初春雨水的小狗，眼睛和鼻子都沾满淋漓的水滴。同他相反，本多打从人生的第一步起，就觉察到世情险恶，他选择这样一条道路：将身子团缩于屋檐下，以便躲避过分明亮的雨水。

但是，他们两个的确又是世上最亲密的朋友。在学校里每天见面还嫌不够，星期天总是整日待在一方的家里。不用说，清显的家宽大、轩敞，是个理想的消闲场所，本多来的次数自然多一些。

大正元年[1]十月，一个红叶初染的星期日，本多到清显的屋子来玩，提议要去湖里划船。

往年，这时正是前来观赏红叶的客人渐渐增多的季节。今年夏天由于国丧，松枝家有意节制豪奢的交际，所以庭园里总显得空落落的。

"那只小船可以乘坐三个人，我们坐上去，可以叫饭沼划桨。"

"有什么必要请别人代劳呢？我可以划呀。"

本多说着，随之想起那个眼神郁悒、紧绷着面孔的青年来，刚才饭沼不顾从不要人引路的本多，

---

1 公元一九一二年。

执拗地郑重其事地陪伴着,从大门口一直走到这座房子。

"本多,你很讨厌他吧?"

清显含着微笑说。

"谈不上什么讨厌,只是总也摸不透他的脾性。"

"那小子在这里待了六年了,对我来说,他的存在就像一团空气。我觉得,他和我也不是情投意合。不过,他对我富有献身精神,忠心耿耿,勤勉用功,老实可靠。"

清显的屋子位于主楼附近一座楼房的二楼之上。本来是和式房间[1],铺上地毯和西洋家具,就变成洋式了。本多坐在凸窗一侧,扭过身子,眺望红叶山、湖水和湖里的小岛。午后和煦的阳光照耀着湖水,小船就停泊在眼下的小水湾里。

本多又回头窥视一下朋友有些倦怠的风情。清显无论做什么都不抢在头里,一副无动于衷的样子,

---

[1] 日本传统风格的房间,设有障子门、榻榻米(草席)、隔扇和壁龛等。

正因为如此，才会勾起不绝的兴致。故而，万事都由本多首倡，然后他再拖着清显共同行动。

"看到小船了吗？"

清显问。

"嗯，看到了。"

本多怪讶地转过头来……

当时，清显想说些什么呢？

倘若硬要说明，那么他或许会说对任何事情都不感兴趣。

清显早已感到自己是有毒的小小棘刺，扎进了家庭这根粗壮的指头。论起这个，也是因为他学会优雅的缘故。五十年前，一个朴素、刚健、贫穷地方上的武士之家，在很短的时期内就壮大起来，随着清显的成长，开始给这个家族悄悄带来一些优雅。但是，他的家庭和本能地对优雅具有免疫能力的公卿贵胄之家不同，清显很快感到将要迅速开始没落的征兆，就像蚂蚁预知洪水一样。

他是一根优雅的棘刺。而且，他清楚地知道，自己那一颗忌讳粗杂、喜欢洗练的心，实际是徒劳的，犹如一株无根水草。他想蛀蚀，却蛀蚀不了，他想侵犯，也侵犯不得。这位美少年认为，他的毒刺对于全家来说固然有毒，但全然是无益之毒，这种无益可以说就是自己出生的意义。

他感到自己存在的理由是一种精妙的毒素，是同十八岁的倨傲紧密结合在一起的。他决心毕生不玷污自己美丽、白净的双手，不让它磨出一个水疱来。他像一面旗帜，只为风而生存。对于自己来说，唯一的真实就是单单为着一种"感情"而活着，这种"感情"漫无边际，毫无意义，死而复生，时衰时荣，既无方向，又无归结……

所以，眼下他对任何事情都不感兴趣。小船？那是父亲从外国进口的小船，外形潇洒，涂着蓝白两色的油漆。对于父亲来说，那是文化，文化就是有形的物质。对于自己来说，那又是什么呢？不就是一只船吗？……

本多到底是本多，这时候，凭着他天生的直感，他很理解清显为何突然陷入沉默。他虽然和清显同年，但他已是青年，是一位决心成为"有用"之人的青年。他果断地为自己选择了这一使命。而且，对于清显，他多多少少带一点麻木和粗疏，他知道这种巧妙的粗疏，朋友是会乐意接受的。清显心灵的胃口，对于人工的食饵，具有惊人的消化能力，即使是友谊。

"你小子可以着手做一项运动，虽说读书不多，但看你那脸色，就像读书破万卷，给累倒了似的。"

本多直言不讳。

清显默默微笑着。的确，他不爱读书，但却频繁地做梦。他每晚所做的梦的次数，足足敌得过万卷书，他实在读累了。

……昨夜，就是昨夜，他在梦中看到了自己的白木棺材。这口棺材停放在窗户宽阔、空无一物的房子里。窗外是黎明前紫色的晦暗，小鸟的鸣啭充满天地之间。一位年轻女子披散着长长的黑发，低俯着身子，扒在棺材上唏嘘不止，细软的双肩不住抽动着。他想看看女子的面庞，但是只能微微瞥见那白皙而忧戚的前额。这白木棺材一半盖着宽大的布满豹纹的毛皮，周围镶嵌着众多的珍珠穗子。这一排珍珠，含蕴着拂晓时分不太明亮的光泽。房子里没有香奠，只是飘荡着西洋香水那种熟透了的水果般的味道。

清显呢？他由半空里向下俯视，确信自己的亡骸就躺在那口棺材里。他虽然这样确信，但还是千方百计想看上一眼，以便证实一下。然而，他的存在就像一只早晨的蚊子，只能在半空里歇息羽翅，决然看不见钉上钉子的棺材的内部。

……他满心充溢着无尽的焦躁，睁开眼来。清显在他偷偷记下的梦的日记里，对昨夜的梦也记上了一笔。

最后，两个人下楼来到停船的地方，解开缆绳。一眼望去，半面湖水映着红叶山，好似燃烧的火焰。

乘上小船，船身一阵摇摆，这让清显对这个不安定的世界，唤起了最真切的感觉。一瞬间，他的内心鲜明地映现在涂着白漆的船舷上，也在大幅度地晃动着。他由此感到非常快活。

本多将船桨在湖岸的岩石上用力一顶，小船划向广阔的水面。绯红的湖水细波粼粼,仿佛将清显闲适的心情进一步散放开来。那粗犷的水音似乎是从喉咙深处发出来的。他确实感到,自己十八岁秋令一日午后的这个时辰,就这样滑去,再也不复返了。

"到湖心岛看看吧。"

"看了之后会扫兴的,那里什么也没有。"

"哎,不要这么说嘛,还是去看看吧。"

本多划着船,他那发自内心的兴高采烈的话语,表达了这种年龄的少年一副好奇心。清显一边远远地倾听着湖心岛对面瀑布发出的声响,一边凝望着被沉滞而泛红的逆光映射得迷离惝恍的水面。他知道湖内游着鲤鱼的水底岩阴下边暗藏着鳖鱼。于是,幼年时代的恐怖又微微泛上心头,顷刻又消失了。

阳光绚烂地照射着他们刚刚剃光的富有青春活力的颈项。这是一个静谧、悠闲而富足的星期日。尽管如此,清显依然觉得这个世界就像一只皮囊,下面开了小洞,似乎听到"时光"的水滴从那里一点点滴落下来。

两人到达松林里夹着一树红叶的小岛,沿着石阶登上顶端那片站立着三只铁鹤的圆形草地。他们坐在两只仰天长啸的铁鹤脚下，进而平躺到地上，遥望着傍晚时分一碧如洗的秋空。草尖穿透他俩脊背的和服，刺得清显一阵剧疼；然而对于本多来说，他的整个脊背仿佛垫在一种不得不承受的最甘美、最爽净的苦难之上。两只历经风吹雨打、沾满鸟粪的铁鹤，那婉转伸延着的脖颈的曲线，随着飘浮的云朵，似乎也在两人的眼角里轻轻晃动。

"多么美好的一天！这种无所事事的悠闲的日子，怕是一生中没有几次。"

本多内心满怀着一种预感，心直口快地说道。

"你小子是在谈论幸福吧？"

清显问。

"我没有这个感觉。"

"没感觉就好。我可不会像你一样说得那么大胆，我感到害怕。"

"你小子肯定是欲壑难填，有着强烈欲望的人，往往装出一副可怜的样子。你小子或许还有更大的欲望吧？"

"似乎已经定下来了,究竟是什么,我也不清楚。"

这位面貌端丽、凡事皆犹豫不决的青年懒懒地回答。尽管他们是亲密的朋友,但清显那颇为任性的心胸,面对本多犀利的分析能力和充满自信的谈吐,以及这位"有为青年"的做派,感到有些厌烦。

清显突然翻了个身,趴在草地上,扬起头来,远远眺望着湖水对岸主楼大厅前的庭院。白色的沙地上间隔地铺着脚踏石,一直到达湖边。那一带是山石树木极其混杂的水湾,石桥重重叠叠。他发现,那里站着一群女子。

三

清显捅捅朋友的肩膀,眼睛注意着远方。本多也回过头来,从草丛里望着湖水对面的那一群人。他俩就像年轻的狙击手一样观察着动静。

平素,碰到母亲高兴的时候,这群人就出来散步,除了母亲之外,都是随侍在她身边的年轻女子,可是今天,其中却夹杂着一老一少两位客人,她们紧挨着母亲身后走着。

母亲、老婆子和女侍们的衣着都很朴素,只有那位年轻客人一身浅蓝的绣花缎子和服,无论在白沙地还是湖岸上,都像黎明前的天空一般发出冷艳的光亮。

仿佛在留意脚下那些不规则的脚踏石,这时,一阵笑声又传向秋空。在清显听来,这座宅第里的女人们的笑声，含着一种过于清朗的做作，使他感到厌恶。其实，清显看得也很清楚，本多就像一只雄鸟在倾听一群雌鸟的鸣啭，两眼闪耀着光辉。两人的胸脯，压断了晚秋时节干枯的草茎。

清显确信，只有那位身穿浅蓝和服的女子不会发出那种笑声。女人们离开湖畔走向通往红叶山的小路，特意选择那条需要跨过好几座石桥的难走的路径。女侍们拉着主人或客人的手，大模大样地迈着步子。她们的身影离开两人的视野隐没在草丛中。

"你们家里女人真多啊！我们家好像净是男人。"

本多似乎对自己的一番热心做着解释，他说罢站起身子，接着倚在西边的松树荫里，眺望着那群艰难跋涉的女子。由于红叶山西侧是一片开阔的山坡地带，九段瀑的四段瀑都位于西侧，水流向佐渡红岩下面的水潭中。女人们从水潭前边的脚踏石上走过，因为那一带红叶灿烂如火，第九段小型瀑布的白色的水沫也都掩映于树丛之中，那里的流水被染成了暗紫色。那位身穿浅蓝和服的女子被女侍牵着手，正走在脚踏石上，清显远远望着她那低俯的雪白的颈项，联想起那位难忘的春日宫妃殿下丰腴而白皙的颈项。

渡过水潭,小路有一段绕着水边平缓地向前伸延。这里的湖岸距离湖心岛最近,清显一直热心地目送着她们走到那里,他从浅蓝和服的女人侧影上,认出她是聪子,不由得感到失望。为什么自己始终没有觉察那是聪子,而一味认定只是素不相识的漂亮女郎呢?

对方既然打碎了心中的幻影,自己也没有必要躲躲闪闪。他拂去外褂上的草籽站起身子,从松树荫里走了出来。

"喂——!"他呼喊着。

本多看到清显突然活跃起来,他也兴奋地伸直了腰杆。这位朋友每当梦想被打破的时候,就会变得快活起来。本多要是不知道他这个脾气,肯定会觉得被他占了先。

"那是谁啊?"

"聪子小姐。不是给你看过她的照片吗?"

清显说出这个名字的时候,语调里也带着轻视的口吻。岸上的聪子确实是一位美丽的女子,但是这位少年坚决不承认她的美丽。这是为什么呢？因为他很清楚，聪子很喜欢他。

对于深爱着自己的人抱着轻视的态度，岂止是轻视，简直是冷酷。没有比本多这位朋友更早知道清显这种不好的倾向了。据本多分析，清显从十三岁起，听到人们为自己长得漂亮而喝彩，心里就滋生了倨傲的情绪。这是一种霉菌般的感情，是一旦接触就会发出铃声的银白的霉斑。

实际上，作为朋友，清显波及他的危险的魅惑也许正是由此而来。同班同学之中，有不少人企图和清显做朋友而未能实现，结果还受到他的奚落。只有本多一人，面对他那严冷的毒素，尝试着独善其身，这一实践获得了成功。虽然也许是误解，他对那位神情阴郁的学仆饭沼之所以感到厌恶，正是因为他从饭沼的脸上看到了那副司空见惯的失败者的面影。

——本多没有见过聪子，但这个名字他经常听清显提起过。

绫仓聪子的家是羽林家族[1]二十八家族之一，发源于所谓"藤家蹴鞠之祖"难波赖辅，由赖经家分出，至第二十七代作为侍从移居东京，住在麻布旧武家宅第，以和歌和蹴鞠之家而闻名。论官职，这个家族的嗣子从童稚时起就被赐为从五位下，可以升至大纳言一级。

松枝侯爵憧憬自己家系所缺少的风雅，希望至少从下一代起，获得名门贵族的优雅之风。他征得其父的赞同，将幼小的清显寄养在绫仓家中。因此，清显受到公卿家风的熏陶，又为比他大两岁的聪子所宝爱，上学前，她成了他唯一的姐姐，唯一的朋友。绫仓伯爵不脱京都口音，性情温厚，他教幼小的清显作和歌，练书法。绫仓家至今保有王朝时代的双陆[2]盘，有时玩到深夜，获胜的一方可以获得皇后赏赐的形状各异的点心。

---

1 中世以降公卿家格之一，拥有在五摄家、清华家、大臣家之下、名家之上的家格等级。
2 室内游戏之一。二人隔双陆盘（刻有左右两排横格的木台）相向而坐，各执黑白棋子，互相对攻。起源于印度，奈良时代以前经中国传入日本。

尤其难得的是，伯爵这种优雅的熏陶持续至今，每逢过年，宫中举行歌会[1]，伯爵亲自担任执事，清显从十五岁起也获准参加。当初对于清显来说，他只觉得是一种义务，随着年龄的增长，他不由得对这种年初举办的优雅的活动充满向往。

聪子今年二十岁了。她和清显两个小时候脸儿磕着脸儿那种亲密无间的样子，以及最近她参加五月末皇宫庆典的影影，都保留在清显的一本相册之中。从这本相册里，可以详细探知她成长的过程。二十岁的姑娘，虽说已过了豆蔻年华，但聪子至今还未嫁人。

"那是聪子小姐吧？那位众人簇拥着的身披鼠灰色斗篷的老太太又是谁呢？"

"那位呀，那是……对啦，那是聪子的大伯母门迹[2]。顶着那种奇怪的头巾，都快认不出来了。"

---

1 宫中举行的和歌朗诵会。

2 皇太子和贵族住居或担任住持的寺院，也用来称呼该寺院的僧尼住持。

她是一位稀客，定是首次来访问这个家族。如果只是聪子一人，母亲不会这样，她为了招待这位月修寺门迹的光临，特意陪伴她到庭园走一走的吧。是的，门迹平素很少进京，聪子一定是带她来观赏松枝家的红叶的。

清显寄养在绫仓家的时候，门迹十分疼爱他，可是清显对当时的一切都模糊不清了。他读中等科时，门迹进京，受到绫仓家的款待，那时曾经见过一次。然而，门迹那副亲切、高雅的白皙的面孔，以及柔和的话语中带有几分锋芒的谈吐，依然历历在目。

——听到清显的一声呼唤，岸上的人一齐停住脚步。接着，他俩从湖心岛铁鹤旁边，穿过深深的草丛，突然像海盗一样窜了出来。可以清楚看到，一群人对于两个青年的出现甚为惊奇。

母亲从腰带里抽出小小的扇子，指着门迹示意行礼，清显从岛上深深鞠了一躬，本多学着他也鞠了躬。门迹还了礼。母亲打开扇子招呼他的时候，金色的扇面映着红叶一片绯红。清显随之明白，应该赶快敦促朋友将船划到对岸去。

"但凡有机会到这个家里来，聪子绝对不会放过。这次，借口陪同大伯母前来，自然是顺理成章的事了。"

即便忙着帮助本多一起解缆的当儿，清显也不忘嘲弄地嘀咕着。此时，本多怀疑，清显还不是想赶紧到岸上向门迹问候，借故为自己辩白一番吗？清显看到朋友一丝不苟的动作，似乎有些焦灼，他用细白的手指可怜见地抓住粗大的船缆，那副急急慌慌帮着干活的样子，足以引起朋友的疑惑。

本多背对着湖岸划着船，在红色水面的映照下显得更加兴奋的清显神经质地躲开本多的目光，一心瞧着湖岸。出于男士成长期的虚荣心，对于一位幼小时候极为熟悉、完全被感情所支配的女性，在他心灵最为脆弱的一隅引起的反应，看样子他是不想暴露给朋友的。清显那个时候，自己肉体上那根洁白的葱头般的小小蓓蕾，说不定也被聪子瞧见过。

"本多划得真够好的啊！"

船到岸了，清显母亲夸奖着本多尽了大力气。

她是一位瓜子脸上生着一双悲戚的八字眉的妇女。然而这副即使微笑也带有几分哀愁的面孔，未必说明她是个易于感伤的女子。其实，她是个既现实又麻木的人。丈夫那种一贯大大咧咧的乐天主义和放荡行为培养了她，因此，她决不会进入清显细密的内心世界。

聪子呢？她一直瞧着清显从船上走到岸上，对他的一举一动都不肯放过。她那负气而清亮的眼眸，看起来颇为爽净而宽容，但却使得清显感到畏葸，他从那副视线里读出了几分怨艾，这倒也难怪。

"大法师今日光临，大家等着聆听宝贵的教诲，正打算到红叶山那边去呢。刚走到这里，就听到你一声粗野的喊叫，大家吓了一跳。你们到岛上干什么去了？"

"呆呆地望着天空呢。"

听到母亲发问，清显故作神秘地回答。

"望着天空，天上会有什么呀？"

母亲对于自己看不见的东西总是不能理解，她对自己这种脾性从来不觉得难为情。但在清显眼里，这是母亲唯一的长处。这样的母亲居然一门心思想听佛门说法，实在有些滑稽。

门迹听着这对母子的对话，守护着贵客的身份，只是谦恭地微笑着。

清显有意不把视线投向聪子，聪子却目光炯炯地望着他那耷拉在面颊上的乌亮的头发。

于是，一行人高高兴兴簇拥着门迹，一边攀登山路，一边观赏红叶，倾听枝头小鸟的鸣啭，猜测着鸟的名字。两个年轻人自然走在前头，不论脚步多么缓慢，他们还是脱离了围绕在门迹身边的一群女子，这是很自然的。本多瞅准这个机会，开始谈论起聪子，赞扬她生得娇媚动人。

"你是这么看的吗？"

清显有些神经质地淡然地回答。看得出来，假如本多说聪子长得丑，就会立即伤害他的自尊。显然，在清显心目中，不管自己关心不关心，大凡和自己多少有些关系的女子，都应该是美丽的。

一行人终于来到瀑布下边，站在桥上仰望第一段大瀑布。母亲盼着初次看到这番景象的门迹说几句赞扬的话来。这时,清显有了一个不祥的发现,以至于使他永远忘不掉这一天。

"怎么回事啊?瀑布出口的水流怎么分成了两股呢?"

母亲也注意到了,她打开扇面挡住枝叶间炫目的阳光,抬头仰望着那里。为了使瀑布下落时别具风情,要将岩石巧妙地组合在一起,即便这样,瀑布口中央也不会让水流岔开来。那里的确有一块岩石凸显出来,但也不至于搅乱瀑布的形态。

"究竟是什么缘故?看样子有什么东西卡在那里了……"

母亲带着困惑的神情对门迹说道。

门迹似乎立即心领神会,只是默默微笑着。清显处在这样一个地位上:他必须把看到的情况老老实实说出来。然而,他害怕自己的发现会使大家感到扫兴,所以有些踌躇不决。而且,他也知道,大家早已看清楚了。

"那不是一条黑狗吗?头朝下挂在那儿。"

聪子一语道破实情。这时,众人好像这才如梦初醒似的纷纷议论开了。

清显的自负心受到了伤害。聪子凭借女人所不应有的勇气，敢于指出那是一条不祥的死狗的尸体，且不说她天生有着甜美而响亮的嗓音，也不说具有分辨事物轻重的适度的明朗态度，这件事本身于纯正、率直之中，有效地显示了她的优雅。这是一种玻璃容器中水果一般新鲜的优雅。清显耻于自己的踌躇，他害怕聪子对他施行的这种教育的力量。

母亲立即吩咐女佣将那个玩忽职守的园艺师叫来，她反反复复对这件不体面的事情表示道歉。门迹出于慈悲心，提出一个出乎意料的方案。

"我看到这种事情也是缘分，尽早埋掉筑起一座坟来，为它祈求冥福吧。"

那条狗定是有了伤病，到水源喝水，失足淹死了，尸首被冲下来，卡在瀑布出口的岩石上。本多被聪子的勇气感动了，同时眼前又仿佛看到瀑布出口湛蓝的天空飘浮着淡淡云彩；看到凭空悬挂的沐浴着清冽的水花的黑狗，那濡湿的闪光的狗毛，以及张开着嘴巴的纯白的牙齿和黑红的口腔。

本来是欣赏红叶，一转又要为狗举行葬礼，这对于在场的人们来说，似乎是令人愉快的变化，女佣们的举止立即活跃起来，内心里隐藏着轻微的浮躁。一行人走到桥对面一座象征着观瀑茶屋的凉亭里休息。匆匆跑来的园艺师说尽了道歉的话语，然后登上危险的崖头，将湿漉漉的黑狗的尸体抱下来，在适当的地方挖好土坑，掩埋了。

"我去摘些鲜花，清少爷帮帮忙好吗？"

聪子预先制止女佣们的帮助，说道。

"给狗献什么花？"

清显有些不大情愿，大伙儿笑了。这时，门迹已经脱掉斗篷，露出缀着小袈裟的紫色的法衣。众人仿佛感到，这位尊贵的法师眼看就会被除不祥，将小小的阴暗的事件融进广大光明的空间。

"有大法师为你超度，一定是一条能获得好报的狗，保佑你来世托生成人。"

母亲已经能笑着说话了。

再说聪子抢在清显前头登上山路，她眼疾手快地采下一枝迟开的龙胆花。清显的眼睛里除了干枯的野菊，什么也没有。

聪子欣然弯下腰来摘花，淡蓝的和服衣裾裹着她那窈窕的身子，似乎过于丰腴的腰肢显露出她已经是个成熟的女性了。清显在自己透明而孤独的头脑里搅起一阵水花，看到水底沙子般微细而混浊的沉积，随之泛起不快的情绪。

聪子采完几枝龙胆，迅速直起腰来，正好挡住跟在背后茫然望着远处的清显的视线。于是，清显未曾正视过的聪子，她那端庄的鼻官，美丽的大眼睛，于伸手可及的距离内，幻影般朦胧地浮现在眼前。

"我要是突然不在了，清少爷，你会怎么样呢？"

聪子压低嗓门冷不丁冒出了这么一句。

四

聪子本来就是这样,她时常故意说些骇人听闻的话。

她也不是存心做戏,但脸上的表情一点也看不出是恶作剧,以便预先使人放下心来;而是仿佛要透露一件惊天动地的特大新闻,煞有介事地满含着悲愁说出口来。

清显虽然早已熟知她的这个性格,但还是忍不住问道:

"为什么不在了?到底怎么回事?"

他表面上装着漠不关心,实际上却暗含着不安,这样的反问正是聪子所希望听到的。

"不告诉你,这事不好说。"

聪子在清显心中一杯透明的清水里滴进一滴墨

汁，令他猝不及防。

清显用犀利的目光瞧着聪子。她经常对他这样。这正成了他憎恶聪子的缘由。蓦然间，无缘无故给他带来莫名其妙的不安。这滴难以抗拒的墨汁，在他心里眼看着渐渐扩大，水被浸染成一汪灰暗。

聪子含着忧郁的圆圆的大眼睛，在快乐中震颤。

回去之后，清显显得很不高兴，这使大家感到惊奇。这件事又成了松枝家众多女人闲谈的一个主题。

——清显一副任性的心灵具有一种奇怪的倾向，那就是使他不断增长自我腐蚀的不安。

如果是一颗痴恋之心，如此的韧性与坚持，多么富于青春的活力！然而，他不是。比起美丽的花朵，他更爱扑向满是荆棘的黯淡的花种。聪子明明知道他这一点，所以才播下这粒种子的吧？清显为这粒种子浇水、育苗，最后整个身心都在期盼它枝叶繁茂，除此之外，他一概不予关心。他全神贯注培育着不安。

他从聪子那里获得一种"兴趣"。此后，他一直心甘情愿做不愉快的俘虏，聪子抛给他这样一个未解开的包袱和谜团，这使他很恼怒；同时，自己当场接受下来又未能及时解开，他对自己的犹豫不决也感到生气。

和本多躺在湖心岛小憩的时候，他曾经说过希望"一种决定的东西"。虽然不知道是什么，但那光闪闪的"决定的东西"，只差一点点就要到手了，聪子伸出浅蓝的衣袖一挡，又把他推回未解决的湖沼。清显动辄就会泛起这种想法。实际上，他认为，这种决定性的亮光也许就在手臂几乎将能够到的前方闪烁，聪子总是在一步之遥妨碍着他。

更使他恼火的是，揭开这个谜团和不安的所有途径，都被他自身的矜持堵塞了。例如，他若向别人询问，就只能采取这样的方式：

"聪子说她不在了，这是什么意思？"

这样一来，结果就会使人怀疑自己在深深关心着聪子。

"怎么办呢？如何才能使人相信，这是自己个人的抽象不安的表现，同聪子毫无干系呢？"

翻来覆去，清显的头脑只是围绕这个问题打转。

碰到这种时候，连平素厌恶的学校也成了散心的场所。他平日虽然和本多一起度午休，但对本多的谈话多少有些厌倦。因为，本多自从在主楼的客厅和大家一起听月修寺门迹讲经以后，心全部被吸引过去了。当时清显只当是耳旁风一吹而过，如今，本多又将讲经的内容按照自己的理解，一一解释给他听。

有趣的是，经文的内容在清显梦幻般的心里，丝毫未留下任何影像，反而在本多循规蹈矩的头脑里，注入了新鲜的力量。

本来，奈良近郊的月修寺在尼寺中是少有的法相宗寺庙，那逻辑性的教学，有些内容是足以使本多着迷的；但门迹的说法本身，利用一些通俗易懂的插话，引导人们进入唯识[1]的门槛。

"门迹不是说由悬挂在瀑布上黑犬的尸体，联想起那段说法的吗？"本多开腔了，"那无疑是门迹对

---

1 唯识，佛教学说之一。认为一切存在都是自己识（即心）做出的假设，识之外不存在任何事物。

你家的又一次亲切的抚慰。那一副夹杂着贵族妇女语言的古雅的京都方言，犹如轻风之中微微飘扬的帷幕，于无表情中闪烁着无数淡淡的彩色的表情，这样的京都方言大大增强了说法的感染力量。"

"门迹讲经时提到古代唐朝的元晓[1]，他在名山高岳之间求佛问法，有一次于日暮之后，野宿于荒冢之地。夜半梦醒，口干舌燥，伸手从身边的洞穴里掬水而饮之。他从来没有喝过这样清冽、冰冷而甘甜的水。他又睡着了，早晨醒来，曙光照耀着夜里饮水的地方，没想到，那竟是髑髅里的积水。元晓一阵恶心，他呕吐了。然而，他因此而悟出一条真理：心生则生种种法，心灭则与髑髅无异。

"但是，我的兴趣在于，悟道之后的元晓，是否还肯将原来的水当作清冽的甘泉，一饮而尽呢？纯洁也是如此，你不这么想吗？不论对方是个多么恶劣的女人，纯洁的青年都能尝到纯洁的恋爱。可是，当你知道这个女人的劣迹之后，当你知道自己纯洁的心象

---

[1] 元晓（617—686），新罗学僧，立志入唐，中途止，转以俗人生活为修行手段。为《华严经》《大乘起信论》作注。

只会按照自己的喜好描摹世界之后,你还能再从同一个女人身上尝到清醇的情爱吗?如果能,你认为那是高尚的吗?假如自己心灵的本质和世界的本质能够巩固地结合在一起,你不认为这是一件了不起的事吗?这不等于将世界的钥匙握在自己手里了吗?"

说这话的本多,不用说并不了解女人,同样不了解女人的清显也没有办法驳倒他的这种奇谈怪论。但不知为何,这位任性的少年的心里自认为和本多不同,一生下来就掌握着世界的密钥。他也不知道这种自信来自何处。他感到,他那梦幻般的心性,那时而高视阔步、时而立即陷入不安的性格,以及命中注定的美貌,是镶嵌于自己柔软肉体深处的一颗宝石,虽说不疼也不肿,但却从肌肉的深处不时折射出澄澈的光芒,因而,他或许有着一副类似病人的骄矜。

至于月修寺的来历,清显不感兴趣,也不甚了了,而和这座佛寺没有任何关系的本多,却到图书馆查阅了资料。

这是一座十八世纪初建筑的较为新近的寺院。第一百一十三代东山天皇之女,为了追念英年驾崩的父皇，寄身于清水寺、信仰观音菩萨期间，对于常住院老僧讲解的唯识论产生兴趣，逐渐深入皈依法相之教义，剃发后依然避开原来作为门迹的佛寺，重新开创一座学问寺院，成为今日月修寺的开山祖。作为法相的尼寺，虽说至今依然保持其特色，但历代由宫中人担当门迹的传统已于上代断绝。聪子的大伯母尽管有着皇家的血缘，但却成了最初一位臣下的门迹……

突然，本多单刀直入地问道：

"松枝！你小子最近到底有些什么心事？我说什么你都听不进去。"

"怎么会呢？"

清显一下子被揭了短，暧昧地支吾了一句。他用俊美、清凉的眼睛看着朋友。朋友看出自己的不逊并不以为耻，要是被他看出烦恼，那才是可怕的事。

要是现在披露胸襟，本多就会大踏步闯入他的心灵世界，谁也不许这么做，清显知道，这样就会立即失去一个朋友。

可是，本多此时很快明白了清显的内心动态。他终于懂得：要想同清显继续做朋友，就得节制粗俗的友情；新漆的墙壁不可轻易触及，以免留下手印；甚至对于朋友的死活，有时也只能袖手旁观，尤其是那种因隐瞒而变得优雅的特殊的痛苦。

　　清显的眼眸此刻储存着一种切实而诚恳的愿望，甚至连本多也爱怜起来。这是祈望将一切都停止于暧昧而美丽的彼岸的眼神……在这种冷峻而近乎破裂的状态中，以友情做交易的无情的对峙，使得清显成为一个乞求者，而本多却成了审美的旁观者。这就是他俩暗自希望的状态，也是人们称之为两个人的友情的实质。

五

约莫十天之后，父亲侯爵偶尔一次及早归来，一家三口很难得地聚在一起吃晚饭。父亲喜欢吃西餐，于是就到洋馆小餐厅用膳。侯爵亲自到地下酒库挑选葡萄酒。酒库里摆满了名牌葡萄酒，他带清显一道去，一一指点他什么菜肴合乎什么酒，还告诫他，有一种葡萄酒，除了招待皇家之外，其他场合都不使用。他满心高兴地教导着儿子。这位父亲抖落着这些无用的知识，看得出没有比这种时候更使他心情愉快的了。

饭前饮酒时，母亲得意扬扬讲述着前天她带一名少年马丁，驾着一辆单头马车，到横滨购物的情景。

"横滨也很难看到洋装，真令人惊奇。一群蓬头垢面的孩子，追着马车，嘴里喊道：'看，小绵羊[1]！小绵羊！'"

父亲话里流露出要带清显去看"比睿号"军舰下水典礼，这当然是看出来清显不会去才这么说的。

接着，父亲和母亲千方百计搜寻着共同的话题，清显明明看穿了这一点，不知为何又谈起三年前清显十五岁的"待月典礼"[2]来了。

那是个古老的习俗，旧历八月十七日夜，将新制的木盆盛满水，置于庭院之中，使月亮映入水里，摆上各种供品。十五岁那年夏季这天要是碰上阴雨天，就预示着一生都是厄运。

听到父母一席话，清显心中清晰地浮现出当年那个夜晚的情景。

夜露瀼瀼、虫声唧唧的草地中央，放着储满清水的新制木盆，他身穿印着家徽的礼服，站在父母之间。特意关掉灯火的庭院，圆形木盆的水面映着周围的树木和远方的屋甍以及红叶山，将这些富于凹凸的

---

1 原文为英日混合语，意指给洋人做妾的日本女人。
2 原文为"御立待"，亦作"立待月"。

景物紧缩而统括为一体。这只明净的桧木板箍成的水盆边缘，既是这个世界的终结，又是另一世界入口的起点。正因为关系着祝贺自己十五岁时的吉凶，所以对于清显来说，那仿佛就是自己灵魂的造型，赤裸裸摆在露水淋漓的草地上。这木盆的内缘展露着自己的内心，外缘则是自己外部的开始……

没有人出声，满院子的虫鸣显得格外聒耳。眼睛一个劲儿盯着水盆中央。起初，盆里的水是黑的，闭锁在海藻般的云层里。海藻渐渐弥散了，渗透着微微的光亮，旋即又消泯了。

长久的等待，不一会儿，凝结在水里的模糊的黑暗破裂了，小巧而明丽的满月出现于水盆的正中。人们欢声四起，母亲放下心来，这才摇动扇子，驱赶衣裾边的蚊子。

"太好了，这孩子有好运啦！"

她说着，而后，逐一接受大家异口同声的祝福。

然而，清显害怕仰望天上真实的月亮。他只看着那个圆水盆里早已深深印入自己心底的、金色贝壳似的月亮。终于，他的内心捕获了一个天体。他的灵魂的捕虫网，网住一只金光闪闪的蝴蝶。

但是，这面灵魂的捕网网眼粗大，一度捕到的蝴蝶，会不会又立即飞走呢？十五岁的他，却及早地害怕丧失。一旦得到又害怕丧失，这种心情成为这位少年性格的特征。既然获得月亮，今后如果住在没有月亮的世界，那是多么令人恐怖的事情。尽管他憎恨那月亮……

和歌纸牌哪怕缺少一张，这个世界的秩序就会留下一个无法弥补的裂缝。尤其是清显，害怕某一秩序的一部分小小的丧失，像钟表缺少一个小齿轮，整个秩序被封闭在凝滞不动的雾霭之中。而要寻找那张缺失的纸牌，将会耗费我们多么大的精力！最后，不光是那张缺失的纸牌，就连全副纸牌本身，也成为世上争夺王冠似的一大紧急事件了。他的感情无论如何都在发生波动，他没有办法抵抗。

——清显回忆八月十七日夜晚十五岁"待月典礼"的时候，发现自己不由想到了聪子，这使他感到愕然。

这时，执事穿着窸窣作响的仙台绸礼服告之说饭好了，使人觉得天气很冷了。三人走进餐厅，各自在餐具前坐下来，这些都是从英国订制的标有美丽家徽图案的餐具。

清显从孩童时代起，就受到父亲严格的关于进餐礼仪的教育。但是母亲至今不习惯吃西餐，清显举止自然而不出格。父亲则依旧保持刚刚回国时那套烦琐的规矩。

开始上汤菜了，母亲立即用安详的口吻说：

"聪子姑娘，也实在太叫人为难啦。这不，听说今天一早就派人把那门亲事退掉了。前些时候看样子是满心答应的呀。"

"那孩子都二十了，这样由着性儿下去，将来会给剩下的。我们真是白操心啊。"

父亲说。

清显侧耳倾听。父亲不管别人，只顾说下去。

"什么原因呢？也许考虑身份不等吧。绫仓家虽说是名门，如今也家道中落到这个地步，对方是将来有望的内务部的秀才，难道还不该求之不得地一口应承下来吗？"

"我也是这个想法。所以,我们也不必再瞎操心啦。"

"毕竟人家照顾过清显,是有恩于我们家的,我们也有义务帮助他家再度复兴起来。要是能介绍一家他们没有任何理由回绝的就好了。"

"到哪里找这样的家庭呢?"

清显听着听着,脸上现出高兴的神色,由此,谜团顿时解开了。

聪子关于"我要是一下子不在了"这句话,仅仅是指自己的婚事。而且,从那天聪子的心境上看,她时时暗示自己是同意那门亲事的,以此引起清显的注意。要是像刚才母亲说的那样,十天后正式回绝这门亲事的话,那道理清显也很清楚。那是因为聪子爱着清显呢。

因此,他的世界再度澄澈明净,不安消失了,犹如一杯清水。他终于可以回到自己家园了,这是十多天来想回来而未能回来的和平而舒适的小家园。

清显很少感到如此广大的幸福,这种幸福无疑是来自自己对于明晰的再发现。故意隐瞒的一张又回到手边，和歌纸牌凑齐了。……而且，这副纸牌只是一般的纸牌……一种无法形容的明晰的幸福感。

他如今至少在瞬间成功地驱走了"感情"。

——然而，侯爵夫妇却未能敏锐地发现儿子所体味到的突然的幸福感，只是隔着餐桌互相盯着对方的脸。侯爵望着悲戚的长一对八字眉的妻子的面孔。夫人呢，则望着丈夫坚毅而红润的双颊，那里的皮下组织早已蓄积着和他的行动能力相对应的安逸。

父母似乎谈得很有兴致的时候，清显总觉得他们是在举行某种仪式。他们的对话，仿佛是依次恭恭敬敬献给神佛的玉串[1]，光洁的杨桐叶子也要经过一番品味才被选用。

同样的情景，清显从少年时代不知看到过多少次了。白热化的危机既没有来临，感情的高潮也没有出现。但是，母亲清楚地知道接踵而来的该是什么，侯爵也很明白妻子知道是什么。这是每次向瀑布水潭的坠落，坠落前连尘芥也手拉起手来，带着毫无预感

---

1 日本人习惯用杨桐（日语汉字"榊"或"贤木"，读作sakaki，即神木）树枝叶敬神，玉串是指扎着纸或棉线的一束杨桐叶。

的神情,掠过映着蓝天白云的平滑的水面……

果然,侯爵餐后随便呷了口咖啡,说道:

"走吧,清显,咱们打会儿台球去。"

"那好,我也该退出了。"

侯爵夫人说。

清显一颗满怀幸福的心,丝毫没有受到今晚这场互相欺瞒谈话的伤害。母亲回到主楼,父子走进台球室。

这座房间的墙壁镶嵌着仿制英国的槲木镜板,悬挂着前代父辈的肖像画和描绘日俄海战的大幅油画,使得这座房子名声远播。绘制格莱斯顿[1]肖像画的英国肖像画家约翰·米莱斯[2]的弟子,来日期间所描绘的祖父百号巨幅画像,运用简素的构图表现晦暗之中身着大礼服的祖父的神姿,严谨的写实和理想化恰到好处地结合在一起。这种手法将这位受到世间崇敬的维新的功臣那副威武不屈的风貌,以及对于家族

---

[1] 格莱斯顿(William Ewart Gladstone,1809—1898),英国政治家,自由党主席。曾四度组阁,进行多种自由主义改革。

[2] 约翰·米莱斯(John Everett Millais,1829—1896),英国画家,学院派艺术代表。作品有《盲女》《秋叶》《释放》等。

富有亲切关爱意味的面颊上的赘疣，巧妙地融合为一体。每当从家乡鹿儿岛雇来新女佣时，一定将她领到这幅画像前跪拜一番。祖父死去数小时之前，没有人进这座屋子，画像的吊纽也没有枯朽，可是画像突然掉落到地板上，发出巨大的响声。

台球室里并排放着三座意大利大理石球台，战争[1]时期传过来的三球打法，这个家族里谁也没有玩过，他们父子只玩四球打法。管家把红白两种球按规定摆在左右一定位置，再把球杆分别递给侯爵父子。清显用意大利产的滑石粉一边抹着球杆尖端，一边盯着球台。

草绿色呢绒上的红白象牙球犹如伸出腿脚的海贝，闪现着浑圆的影子，静静地站立着。清显对这些球毫不关心，仿佛一条陌生的街道，白昼的路面上没有什么人影，那球就像突然出现在眼前的异样的无意义的物象。

侯爵平素总是害怕看到这个漂亮的儿子这种木

---

1 指中日甲午战争。

然不觉的眼神。哪怕今晚这个幸福的时刻，清显的眼睛也还是这样。

"最近，暹罗两位王子要来日本学习院留学，你知道吗？"

父亲想起一个话题。

"不知道。"

"可能和你同年，我给外务省说了，想请他们来家住些日子。那个国家近年来正在解放奴隶，铺设铁道，似乎不断采取进步的做法。你和他们交往时要心中有数。"

父亲说着，对着球猫下腰来。他身子过于肥胖，凭着豹子般的虚假的精悍运动着球杆。清显看着父亲的脊背，脸上立即浮现出微笑。他让自己的幸福感、未知的热带的国家以及红白象牙球在心中轻轻磨合，仿佛互相轻轻接吻。于是，他感到那水晶般抽象的幸福感，好似受到突如其来的热带丛林辉煌绿色的映射，立即散发出五彩斑斓的光芒。

侯爵球艺很高，清显远不是他的对手。击完最初五杆，父亲匆匆离开球台，不出清显所料地说道：

"我要出去散散步,你打算怎么办?"

清显默默无语,父亲下面的话使他未曾想到。

"你跟我到大门口吧,就像小时候一样。"

清显吃了一惊,他忽闪着两只黑眼眸望着父亲。父亲至少在使儿子感到意外这方面,获得了成功。

父亲的姨太太住在门外几栋房屋之间的一栋。其中两栋住着西洋人,院墙一律都有通往庭园的栅栏门,洋人的孩子们可以自由到里面游玩,只有姨太太住的那一栋的后门上了锁,那锁已经生锈了。

从主楼入口到大门约有八百米远。清显小时候,父亲每到姨太太家来,总是领着他的手走到这里,然后在门前分别,再由用人领回去。

父亲有事外出必定乘马车。徒步出门时,要去的地方肯定是这里。虽说是孩子,但这样被父亲陪着来到这里,心里感到很难受。按理说为了母亲,他觉得自己应该把父亲拖回来才是,但他为自己的无能为力而气恼。母亲这时候当然不希望清显和父亲一起"散步",父亲执意要拉着他的手外出。清显觉察到,父亲暗暗希望他背叛母亲。

十一月寒夜里的散步，总显得有些异样。

侯爵吩咐执事为自己穿上外套。清显走出台球室，换上学校定制的双排金色纽扣的大衣。主人外出"散步"，执事应该跟在后面十步远的地方，这时，他正手捧裹着礼品的紫色包袱，站在那儿等待着。

月色清明，风在树林梢头吼叫。管家山田像个幽灵跟在后头，父亲全然没有看他，倒是清显回头盯了一眼。夜寒风冷，他没有穿披风，只是寻常穿的印有家徽的宽角大裤，戴着白手套，捧着紫色的包裹。山田腿脚有些毛病，一路踉跄地跟在后面，月光映在眼镜上，像蒙着一层白霜。这位终日闷声不响、忠心耿耿的汉子，清显弄不清楚他心里到底蜷曲着多少生了锈的感情的发条。但是，比起平时快活而富有人情味的侯爵父亲，这位显得有些冷酷而麻木的儿子反而更能体味别人内在的感情活动。

枭鸟悲鸣，松风谡谡。多少有点不胜酒力的清显，耳眼里蓦地传来那张《凭吊战死者》照片上风吹林木、团团绿叶悲壮的喧骚。父亲于暗夜的寒空之下，想象着夜阑人静等待他的那位红颜温馨的巧笑；儿子只是怀抱着死的联想。

醺醺欲醉的父亲边走边用拐杖的尖端击打着小石子，他突然说道：

"你好像不大玩乐，我在你这个年纪，已经有好几个女人了。怎么样？今晚我带你去，多叫些艺妓，放开手脚痛痛快快玩一场。约上几个要好的同学一起来也行。"

"我不愿意。"

清显不由震颤着身子说。于是，他仿佛脚底钉了钉子，再也不动了。奇怪的是，父亲一席话使得他的幸福感宛如玻璃瓶一般掉在地上摔碎了。

"你怎么啦？"

"我要回家了，您早点安歇吧。"

清显掉转脚跟，急匆匆朝着灯火阑珊的洋馆大门远方的主楼走去，透过树丛可以窥见从那里漏泄出来的迷离的灯影。

当晚，清显度过了一个不眠之夜。他的脑子里丝毫没有想着父母，而是一门心思考虑如何向聪子报仇。

"她设下一个极不高明的圈套套住我，使我十多天来苦不堪言。她的目的只有一个，那就是不断拨弄我的情绪，想尽一切办法折磨我。我必须对她报复，但我不想像她对我那样施行阴谋诡计，陷她于痛苦之中。怎么办呢？最好的办法是，叫她知道我也像父亲一样是极为鄙视女人的。当面说话也好，写信也好，难道就不能用一种刻毒的语言，给她以沉重的打击吗？我生性懦弱，平素不能将自己的心里话直接袒露出来，自己总是吃亏。我光是对她表明不感兴趣还不够，这样会给她留下种种想入非非的余地。我要亵渎她！这很有必要。我要侮辱她，使她再也抬不起头来！这也很有必要。到那个时候，她就会后悔当初不该那样折磨我。"

清显想来想去，到头来还是没有寻思到一个具体的好办法。

卧室里的床铺周围，放置着六曲一双的寒山[1]诗歌屏风，紫檀木雕花棚架上，一只青玉鹦鹉站立在栖木上。他本来对新近流行的罗丹和塞尚并不感兴趣，他的一点兴趣只能说是被动的。一双不眠的睡眼凝视着那只鹦鹉，他甚至看到鹦鹉羽翅上微细的雕纹浮现于青烟之中，玲珑剔透，而鹦鹉本身只剩下一个幽微的轮廓，呈现着渐次消融的异象，这使他甚感惊讶。于是，他明白了，那是从窗帷缝隙射进来的月光，倾注到玉雕鹦鹉身上的缘故。他一把扯开帷帘。月上中天，光影洒满床铺。

月光闪耀着浮薄的清辉。他想起聪子身上和服缎面上冷艳的光亮。他如实看到了，那月亮就是近在眼前的聪子过分硕大的美丽眼眸。风已经停息了。

清显不只是暖气的原因，他身子火烤一般燥热，耳鸣也因此加剧了。他撩开毛毯，敞开穿着睡衣的胸脯。然而，体内仿佛有一团烈火，火舌蔓延到肌体各个角落。他觉得只好沐浴在清冷的月光之中了。他终

---

[1] 寒山，唐代诗僧，生卒年不详。传说是文殊菩萨的化身。

于脱掉睡衣，裸着上身，将思虑过度的脊背对着月亮，面孔俯伏在枕头上。太阳穴依然热得怦怦直跳。

就这样，清显裸露着无比白皙细嫩的脊背，暴露于月光之中。月影在他优柔的肌肉上描绘出一些微细的起伏，表明这不是女人的肌肤，而是一个尚未成熟的青年含蕴着极为朦胧的严峻的肌肤。

尤其是月光正面深入照射进去的左侧的肋胁与腹部，胸间的心跳连带着肌肉微微的波动，使得白得令人目眩的肌肉更加凸显出来。那里长着小小的黑痣，这三颗极为渺小的黑痣恰似三星星座，在月光的照耀下，消失了影像。

六

一九一〇年，暹罗国王拉玛五世传位于六世，这次来日留学的一位王子，就是新王的弟弟，拉玛五世的儿子，号称培拉翁·乔（Praong Chao），其名字是帕塔纳迪特（Pattanadid），按英语的敬称为 His Highness Prince Pattanadid[1]。

和他一起来日的王子与他同年，都是十八岁，号称蒙·乔（Mom Chao），名为库利沙达（Kridsada），是拉玛四世的孙子，两人是极为亲密的堂兄弟。帕塔纳迪特殿下用爱称称他为"库利"，而库利沙达殿下不忘对嫡系王子的敬意，称帕塔纳迪特殿下为"乔培"。

---

[1] 意即帕塔纳迪特王子殿下。

兄弟俩都是虔敬的佛教徒，日常服饰与做法均按英国风格，操一口流利的英语。新王担心年轻的王子过于欧化，才安排他们来日本留学，两个王子对此没有异议，只是有一件悲伤的事情，那就是乔培和库利妹妹的离别。

这对青年男女的恋情在宫中传为佳话，双方约定，等乔培留学回国就举办婚礼。尽管对未来没有任何担心，但帕塔纳迪特殿下出航时满怀的悲愁，从该国人士不大显露激情的性格上来说，似乎有些异样。

航海和堂弟给了他慰藉，年轻的王子减少了几分相思之苦。

清显在自家迎接王子们的时候，两人浅黑的面容给他留下十分快活的印象。王子们寒假之前可以到学校任意参观，过年后上学也不正式编班，等他们熟悉日语和日本的环境之后，从春季新学期开始上课。

洋馆二楼两间相连的套房充当王子们的寝室，因为洋馆有从芝加哥进口的完备的暖气设施。松枝全家人一起用晚餐时，清显和客人互相都很拘谨，饭后只剩下年轻人，立即畅谈开了，王子们给清显看了曼谷金碧辉煌的寺院和美丽的风景照片。

虽然同龄，库利沙达殿下尚保留着任性的小孩子脾气。清显高兴地发现，从资质上说，帕塔纳迪特同自己有着许多共同的梦想。

他们出示的一张照片，是以卧佛寺之名而著称的僧院全景，寺内收纳着巨大的释迦牟尼的卧像。照片用手工描上精美的彩色，上面的景色仿佛就在眼前。云层高耸的热带晴空为背景，枝叶婆娑的椰子树点缀其间。这座由黄、白、红三种色调组合的无与伦比的美丽佛寺，由一对金色的神将守门，镶着金边的朱红门扉、白墙和白色廊柱的上方，垂挂着一簇簇精致的金色浮雕。这一切次第组合成为包裹于纷繁的金黄和朱红浮雕中的屋顶和檐板，再于中央顶端构成色彩绚烂的三重宝塔，佛光壮丽，直刺苍穹，令人心荡神驰。

清显面对如此美景，脸上毫不掩饰地表露出赞叹的神色，这使王子们非常高兴。帕塔纳迪特殿下一双同柔和的圆脸不太相称的尖锐而修长的眼睛望着远方说道：

"我特别喜欢这座寺院，来日本的航海途中，几次梦见这座佛寺。那金色的屋脊在暗夜的大海里漂浮，随之整座寺院也慢慢浮现出来。其间，船在前进，等到看见寺院全貌时，轮船总是位于远方。沐浴着海水浮出水面的寺院，在星光里闪烁，犹如夜间遥远的海面升起的一弯新月。我站在甲板上对它合掌膜拜，梦境是那么离奇，那么遥远，而且又是夜间，金红两色的精致浮雕竟然历历在目，清晰可睹。

"我对库利说，寺院好像跟着我们一同到日本来了。库利拿我寻开心，他笑着说，跟着来的是离别的相思吧。当时我发怒了，可是眼下我的心情和库利稍有同感。

"为什么呢？这是因为所有神圣的东西，都是由梦幻、回想和与之相同的要素组成的，因时间和空间不同而和我们保持一定距离，这些东西都是出现于我们眼前的奇迹。而且这三者的共同点都是不能用手触及。能够用手触及的东西，一旦离开我们一步，就会变成神圣的东西，变成奇迹，变成一种似乎不存在的美好的东西。一切事物皆具有神圣的要素，但因为我们手指的触及，随之变得污浊起来。我们人类是一种奇怪的存在。仅凭手指就能把东西弄脏，因为自己内心具有一种能够转化为神圣的素质。"

"乔培说得很神秘，其实不过是谈论离别的恋人。给清显君看看照片怎么样？"

库利殿下打断他的话。帕塔纳迪特殿下面颊泛红了，但因为肌肤浅黑，并不明显。清显见他有些迟疑，也就不再勉强客人，于是说道：

"您也经常做梦吗？我还记梦日记呢。"

"要是懂日语多好，真想看看您的《梦日记》啊。"

乔培眨着眼睛。清显对于梦想是那般执着，就连亲密朋友也没有勇气敞开心怀，但觉得可以通过英语轻松地送到朋友心灵深处，越发激起了对乔培的亲爱之情。

但是，其后的谈话颇不顺畅，库利沙达殿下不住转动着眼珠，清显从他那带着几分调皮的眼神里推测原因，这时他忽然明白了。原来他没有执意要求看王子的照片，乔培大概正巴望他逼着自己拿出照片来呢。

"请给我看看追您而来的梦的照片吧。"

清显直截了当地说。

"要看寺院的,还是看恋人的?"

库利沙达殿下从旁插科打诨,乔培有些困窘地拿出照片,他觉得库利不该将这两者放在一起比较,谁知这时库利沙达又特地伸长脑袋,指着照片故意解释说:

"茜特拉帕公主是我妹妹。Chantrapa 是'月光'的意思。我们平时叫她金茜(月光公主)。"

清显看了照片,想不到上面是一位平凡的少女,使他有些扫兴。少女穿着白色绲边的西服,头发扎着白丝带,胸前挂着珍珠项链,表情有些做作。要说是女子学习院学生的照片,谁也不会感到奇怪。虽说美丽而略呈波浪形的披肩发,为她增添几分情趣,但微嫌逞强的眉毛,因受惊吓而圆睁的双眼,炎热的旱季干枯的花瓣般稍稍翘起的嘴唇……这一切都充溢着她对自己的美依旧木然不觉的幼稚。不用说,这也是一种美,但只不过是尚未梦想自己能够振翅飞翔的雏鸟般温馨的满足。

"聪子是个强过她千百倍的女子。"清显不由暗暗比较着,"虽然她动辄使我不得不憎恶她,但她毕竟是个过于女人的女人!还有,聪子比这位少女漂亮得多了。而且,她知道自己的美丽。她什么都知道,不幸的是,包括我的幼稚。"

乔培直盯着凝视照片的清显的眼睛,生怕自己的少女被别人夺走。他伸出纤细的琥珀色的手指收回照片,清显看到他指节上晶莹的绿光,这才发现乔培佩戴着一枚华丽的戒指。

这是一枚特大号的钻戒,约有两三克拉,嵌着四角形的祖母绿宝石,以及黄金雕镂的一对门神亚斯卡半人半兽的面孔。这种极其显眼的装饰,清显竟然一直没有在意。这最能表明他对别人的漠不关心。

"这是我的诞生石,我生在五月,金茜在送别宴上送给我的。"

帕塔纳迪特殿下含着几分羞涩地说明。

"戴着这种奢华的戒指到学习院上学,说不定会受到斥责而被没收了去。"

听到清显恫吓的话语,王子开始用本国语言认真商量起来，他们不知道应该将戒指藏在哪里为好。王子们忽然觉得用本国语言有些失礼，又满含歉意将他们商谈的内容用英语传达给清显。清显告诉他们可以托父亲介绍一家可靠的银行，藏在银行的金库里。于是，王子们逐渐敞开了心扉，库利沙达殿下也拿出女友的一张小照给清显看。接着，他们缠着清显，一定要看清显爱着的女子的照片。

年轻人的虚荣心蓦然之间使得清显脱口而出：

"日本没有相互观看照片的习惯，不过我将尽快介绍她同二位王子见面。"

——他实在没有勇气将他从小积攒的影集中聪子的照片展示出来。

他这才发现，自己虽然长期以来享受着美少年的称誉，人人交口称赞，但是长到十八岁，一直待在这座寂寥的大宅门内，除了聪子再没有别的女友了。

聪子是朋友，同时也是仇敌，不是王子们心目中那种甜蜜的情感凝结成的糖人。清显对自己，对自己周围所有的人一概感到恼怒。他甚至觉察出，就连"散步"途中父亲那充满慈爱的酒后真言，对孤独而富于梦想的儿子也暗含着侮辱意味的浅笑。

如今,他出于自尊心而排斥的一切,反过来又伤害了他的自尊心。南国健康的王子们浅黑的肌肤,闪耀着锋刃般官能光芒的眼眸,还有那虽属少年但一直长期宝爱着的琥珀色修长的纤指,所有这些都似乎对清显这样说:

"哎?您到了这个年龄,连一个恋人也没有吗?"

清显没有自我控制力,他依然保持一副冷峻的优雅,说道:

"我最近一定介绍她来见面。"

他将如何向异国来的新朋友夸奖她的美艳呢?

清显经过长久的踌躇之后,昨天终于给聪子写了一封充满疯狂的侮辱性言辞的信。他在字面上反复修改,仔细斟酌,那些十分刻薄的语言字字句句都刻在脑子里了。

……面对你的威吓,我不得不写这样一封信,我为此而深感遗憾。

信的开头这样写道。

　　你把一个毫无意义的谜团装扮成一个十分可怕的谜团，不加任何解题的关键词交给我，弄得我两手发麻，变得黝黑。对于你的感情上的动机，我不能不抱着怀疑。你的做法完全缺乏关切，不用说爱情，连一鳞片爪的友情也看不到。照我的理解，你这种恶魔般的行动，有着自己也无法知道的深刻的动机，对此我有一个相当准确的估量，出于礼貌，我就不说了。

　　但是现在可以说，你的一切努力和企图都化为泡影了。实际上，心境不快的我（间接是你造成的），已经跨越人生的一道门槛。我时常听从父亲的劝诱，游冶于攀花折柳之巷，走上一条男人所应该走的道路。老实说，我已经同父亲介绍的艺妓共度良宵。就是说，公然享受了社会道德所容许的一个男人的乐趣。

　　所幸，这一夜之情使我脱胎换骨。我对于

女人的看法为之一变，学会了将她们当作具有淫荡的肉体的小动物，抱着轻蔑和玩弄的态度。我以为这是那个社会所赐予我的绝好的教训。以往，我不赞成父亲的女性观，眼下，不论我情愿不情愿，我都必须从内心里深刻认识到，我是父亲的儿子。

读到这里，你或许会用那一去不复返的明治时代的陈规陋习看待我的行动，为我的前进而感到高兴吧？而且，以为我对于一位风尘女子肉体上的侮辱，可以逐渐提高我对于一位良家妇女精神上的尊敬，从而暗暗窃喜吧？

不！绝对不会！我自这一夜开始（要说进步确实是进步），已经突破一切，跑进无人到达的旷野。在这里，无论是艺妓或贵妇，花娘或良姝，无教养的女人或青踏社[1]的成员，一概没有区别。所有的女人，一律都是爱撒谎的"具有淫荡的肉体的小动物"，其余就是化妆，就

---

[1] 十八世纪以后在英国兴起的妇女参政组织。1911年，日本以平冢雷鸟为首的女性文学家社团，出版杂志《青踏》，倡导妇女解放运动。

是衣着。虽说难以启齿,但还是要说清楚:今后我也只能把你当作 one of them[1]。告诉你,从孩提时代起你所认识的那个老实、清纯、随和,玩具般可爱的"清少爷",已经永远永远死去了……

——夜还不算深,清显就匆匆忙忙道了声"晚安"走出屋子,两个王子对他的行动似乎有些诧异。但清显落落大方,面带微笑,很有节度地仔细检点两位客人的寝具和其他用品,听取客人种种希望,然后彬彬有礼地退了出去。

"为何在这种时候,我没有一个知己呢?"由洋馆通向主楼的长长的回廊上,他一边拼命奔跑,一边思索。

路上,几次浮现本多的名字,但他对友情僵化的观念,使他随即抹消了这个名字。廊下的窗户在夜风里咯咯作响,一列昏暗的灯火一直延续到远方。这

---

[1] 英语:她们中的一个。

样气喘吁吁地奔跑，清显害怕被人看到，于是便喘息着在回廊的角落里停住脚步。他双肘支在一排万字形的雕花窗棂上，一边装着眺望庭园里的景色，一边用心思索。现实和梦想不同，是一种多么缺乏可塑性的素材啊！现实不是扑朔迷离、飘忽不定的感觉，现实必须将凝缩成黑色丸药一般、立即发挥效力的思考据为己有。清显感到自己疲乏无力，他走出有暖气的房屋之后，在廊下的严寒里不住颤抖。

他把额头抵在咯咯作响的玻璃窗上，眺望着庭院。今夜没有月亮，红叶山和湖心岛黑乎乎连成一团，廊下昏暗的灯火所及范围内，可以约略窥见风吹湖水，微波荡漾。他似乎看到那里伸出一个鳖头，浑身越发哆嗦起来。

清显到达主楼，正要上楼回自己的房间，在楼梯口遇见学仆饭沼，随之脸上露出莫名的不快。

"客人们已经安歇了吧？"

"唔。"

"少爷这就休息吗？"

"我还要学习。"

二十三岁的饭沼是夜间大学应届毕业班的学生，刚刚放学回家，一只手里抱着好几本书。他那青春年少的脸孔渐渐增添几分忧郁，一副铁塔般的躯体使得清显也有些发憷。

他回到自己的房间，也没有生火炉，室内寒气森森，他满心焦躁，坐立不安，头脑里思绪万端，时消时现。

"总之，必须抓紧，会不会已经太晚了？那封信已经发出，但我必须在数日之内，千方百计想办法，将收信人作为亲密恋人介绍跟王子见面，而且要想出个世上最自然的办法来。"

无暇阅读的晚报，原封不动地胡乱堆在椅子上，清显顺手打开一张，看到帝国剧场歌舞伎演出的广告，心中不由一振。"对呀，带王子们到帝国剧场看戏！再说，昨天发出的信也不会到达，说不定还有希望！和聪子一块儿看戏，父母也不会答应，但可以当作偶然的一次见面。"

他冲出屋子，顺着楼梯跑到门口一侧，进入电话间之前，偷偷向门边漏泄出灯光的学仆的房间瞅了一眼。看样子，饭沼正在用功。

清显拿起听筒,向总机报了号码。他胸口怦怦直跳,先前的退缩情绪一扫而光。

"是绫仓府上吧,聪子小姐在吗?"

前来接电话的似乎是老女仆的声音,清显对她问道。那女仆十分郑重而不悦的话语,从远方暗夜中的麻布地区传了过来。

"是松枝家的少爷吧?实在对不起,现在已是深夜了。"

"她睡下了吗?"

"不……啊,我想小姐大概还没有休息吧。"

因为清显一直坚持,聪子终于来接电话了,她爽朗的嗓音,使清显陶醉于幸福之中。

"什么事这么着急,清少爷?"

"是这样的,昨天我给你发了封信,因此我要拜托你一件事,接到信之后,千万不要打开,立即烧掉。请务必答应我。"

"我不懂您说的是什么意思,可我……"

聪子对什么事情都是模棱两可,清显从她那乍听起来颇为悠闲的口气里,发觉她又是这副态度,更加着急起来。尽管如此,聪子的声音于冬季的寒夜之中，宛若六月熟透的杏子，听起来温厚又婉转。

"所以，你什么也别说，请答应我。信到后决不开封，马上烧掉。"

"好吧。"

"你答应了？"

"是的。"

"还有一个请求，就是……"

"今晚上的事还真多呀，清少爷。"

"请买一张后天'帝剧'的戏票，叫老女佣陪你到剧场去。"

"哎呀……"

聪子的声音中断了。清显害怕她拒绝，马上意识到自己错了。由此可知，绫仓家目前的财政状况，甚至连一人两元五角的戏票都不容随便开支。

"对不起，给你送戏票去。我们坐在一起太惹眼，还是选稍微离开些的席位吧。我陪暹罗王子一起看戏。"

"啊，谢谢您亲切的安排，蓼科也会很高兴的。我一定高高兴兴和您会面。"

聪子掩饰不住满心的喜悦之情。

七

上学时，清显邀请本多第二天去"帝剧"看戏，本多尽管觉得陪伴两位王子多少有些拘束，但还是欣然接受了。当然，清显没有告诉朋友，在那里将会"偶然"遇见聪子。

本多回到家里，晚饭时把这事对父母说了。父亲虽然并不认为所有的节目都值得一看，但想到儿子已经十八岁了，不应该再束缚他的自由。

本多的父亲是大审院的判事[1]，住在本乡[2]的宅第，这是一座保有众多明治风格西式房间的住宅，至今充满严谨的家风。家中有好几名学仆，书库和书斋的书

---

1 大审院，明治时代最高司法机关，相当于最高法院。1875年设立，1947年撤销。判事，负责诉讼的审理和判决的官吏，隶属刑部省或太宰府。

2 东京文京区（原本乡区）高级住宅区，东京大学所在地。

籍堆积如山，连走廊上都摆满了黯淡的书脊印有烫金文字的精装珍本。

母亲是个毫无情趣的女子，担任爱国妇女会的干部，因为松枝侯爵夫人对这个组织的活动一向不很积极，所以，她看到自家儿子和松枝侯爵家的儿子格外亲密，心中并不痛快。

但是，除了这一点之外，她的儿子本多繁邦，无论是学习成绩，在家用功的表现，还是健康状况，以及日常循规蹈矩的言谈举止，都是无可挑剔的。她在家里家外，都为自己教导有方而感到自豪。

这个家中所有的东西，包括细小的家什用具，一律堪称典范。大门口的盆松、写有一个"和"字的屏风、客厅的烟具、缀着穗子的桌布，这些自不必说；还有，厨房的米柜、厕所的手巾架、书斋的笔盘以及文镇之类，都保持着无法形容的典范的形式。

家人谈话也是如此。朋友家里往往遗留这样的风气：家中必有一两个有趣的老人，常常讲些故事给人听。比如，看到窗外有两个月亮，大声叫骂之后，一个月亮现出狐狸原形逃走了。讲的人一本正经，听的人信以为真。尽管还保有这种风气，但在本多家里，处处受到家长的严格监视，即使是老婢，也禁止讲述这类蒙昧的故事。长期留学德国攻读法律学的家长，信奉德国的理性主义。

本多繁邦常常拿松枝家和自己家相比较，发现不少有趣的现象。对方家里过着西方式的生活，家中舶来品数不胜数，但家风意外陈旧，积习难返；自己家里生活虽属日本风格，但精神方面多具西洋色彩，父亲对待学仆的态度，也和松枝家完全不同。

这天晚上，本多预习完第二外语法语之后，打算先行获得一些大学课程的知识，同时也为了满足自己对任何事物都爱追根求源的性格，开始浏览丸善书店寄来的用法语、英语和德语写作的法典解说。

自打聆听月修寺门迹的说法时起，他就觉得自己对平时所倾心的欧洲自然法思想学习不够。这种思想始自苏格拉底，通过亚里士多德深刻影响着罗马法，中世纪又由基督教精密地系统化，又为启蒙时代带来一次所谓"自然法时代"的流行热潮。如今，虽然暂时处于衰微时期，但两千年来一直随着变化无穷的时代风潮波浪起伏,每次都袒服灿烂,焕然一新。世界上再没有比这更具有永恒生命力的思想了。或许,其中保有欧洲理性信仰最古老的传统。然而,正因为越来越强韧,本多不能不认识到,这种明朗的富有人性的阿波罗太阳神般的力量,两千年来总是受到黑暗势力的胁迫。

不,不仅是黑暗势力,本多还认识到,光明也会受到更加炫目的光明所胁迫,不断洁癖性地排斥较之自己更加光明的思想。包含黑暗的更为强烈的光明,还不是终于未被法制秩序的世界所吸纳吗?

话虽如此,本多并未受到十九世纪浪漫主义历史法学派,以及民俗法学派思想的束缚。明治时代的日本,固然需要由这种历史主义所产生的国家主义法律学,但他反而转向法的根本所具有的普遍真理,醉心于目前并不流行的自然法思想。同时,他也想探知普遍的法所包摄的范围。如果法超越希腊以来受人性观所制约的自然法思想、进入更广泛的普遍真理(假若存在这样的真理)的话,那么法本身也许会自行崩溃。本多一心想走进这个领域,任幻想自由驰骋。

这的确是年轻人颇具危险的思考。但是，罗马法的世界，犹如光明的地面明晰地印上浮现于空中的几何学建筑的影像，他一旦对自己所学的现代实在法[1]背后所矗立的这种影像感到餍足之后，自然就会摆脱明治日本忠实的继承法的压迫，时时将眼睛转向亚洲别的广阔的古老的法秩序。

丸善书店寄来的法译本《摩奴法典》[2]，有些内容可以很好地解决本多的疑问。

《摩奴法典》或许是公元前二百年至公元二百年间集大成印度古法典之大宗，在印度毗湿奴教徒中，至今依然保持法的生命。全书十二章二千六百八十四条，宗教、习俗、道德和法，浑然成为一大体系，自宇宙起源说起，至盗窃罪和继承法为终结。如此亚细亚之混沌世界，同基督教中世自然法那种整然有序的宏观世界与微观世界相照应的体系，实际上表现出了显著的对比。

---

[1] Positive law，与自然法相对的人为法。
[2] 古印度法典，用韵文作成，凡十二章。详述婆罗门（僧侣）的特权身份，为后世法典之祖。

然而，正如罗马法的诉权和没有权利救济等于没有权利这一现代权利概念相对立一样，《摩奴法典》也在关于威严的王和婆罗门法庭仪容规定之后，将诉讼事件限定在负债不还等其他十八项目之中。这种干枯无味的诉讼法也有着这样的描述：王要知道根据事实审理是否正确，被比喻为"犹如猎人依据血滴寻求负伤的鹿的巢穴"；又如，列举王的义务，将王为王国施以恩惠比作"恰似因陀罗于雨季四月普降甘霖"。本多被法典独特而丰丽的影像迷住了，一口气读到既非奇特的规定亦非宣言的最后一章为止。

西洋法的定言命令，永远服从人的理性，但《摩奴法典》将理性无法测知的宇宙法则——"轮回"，作为自然而然的道理深入浅出地提示出来了。

"行为产生于身体、语言和意义，也产生善或恶的结果。

"心于现世同肉体相关联，有善、中、恶之别。

"人以心之结果为心，语之结果为语，身体行为之结果受之为身体。

"人因身体行为之错误，来世变为树草；语之错误,变为鸟兽;心之错误生为低等阶级。

"对于一切生物保有语、意、身三重抑制,又能完全抑制爱欲、瞋恚的人,可获得成就亦即究极之解脱。"

"人必须正确运用自己的睿智,根据个人灵、法与非法规定自己的志趣,经常留意法的获得。"

这里,虽然也像自然法一样,将法和善业作为同义语,但不同是,其根据是凭悟性难以解释的轮回转生。从另一角度来说,不是诉诸人的理性的方法,而是一种报应的恫吓,较之罗马法的基本理念,可以说是对于人性少有信赖的法理念。

本多不想进一步钻研这个问题,也不打算深入古代思想幽暗的底层,但作为法律学学生,既要站在确立法的一方,又无法摆脱对于现代实在法的怀疑或不满。他发现,目前实在法烦琐的黑暗框架和二重结构之中,经常需要自然法神的理性,以及《摩奴法典》根本思想中比喻为"白昼澄明的蓝天""群星灿烂的夜空"那样广阔的展望。

法律学诚然是一门不可思议的学问!它连日常

琐末行动皆一并网罗殆尽，同时自古又向星空和太阳系撒开巨大罗网，它从事的是一桩极尽贪欲的渔夫的工作。

耽于苦读，忘记时间之推移的本多，到了应该就寝的时候了。他担心睡眠不足，明天脸色难看，影响清显的盛情邀请。

一想起那位美貌、谜一般的朋友，他就预测自己的青春将会如何过于单调无奇，不能不感到浑身战栗。他还模糊记得另一位同学曾经自豪地谈到，他在祇园茶屋将坐垫团作球形，同众多舞妓玩室内橄榄球游戏的情景。

接着，本多还联想到今年春天发生的故事，在世人眼里虽然算不得什么，但对于本多家族却是一件惊天动地的大事。祖母十周年法事是在日暮里的菩提寺举行的，参加仪式的亲戚们其后都聚集在作为家族大本营的本多家里。

相当于繁邦堂妹的房子姑娘，在客人中最年轻、漂亮，性格活泼。在本多家族沉郁的空气中，就连这位姑娘爽朗的笑声也显得极不协调。

虽说办法事,但对死者的记忆已经久远,长期阔别,一旦相聚,亲戚们畅谈无尽。比起办法事,主要的话题是各家新增加的幼小的家庭成员们。

三十位客人在本多家各个房间里随处转悠,看到每间屋子都堆满书籍,再一次感到惊讶。有几个人提出想看看繁邦的书斋,他们上楼,在他的书桌边乱翻一气。其间,人们陆续离去,屋里只剩下房子和繁邦。

两人坐在墙边皮沙发上,繁邦穿着学习院的制服,房子一身紫色振袖和服。人们离去之后,两人变得拘谨起来,房子清脆而爽朗的笑声也断绝了。

繁邦想给房子看看相册之类的东西,不巧他手头没有。房子似乎立即不悦起来。刚才房子那副过于活跃的举动,不间断地大声朗笑,对长她一岁的繁邦一副取笑的口吻,还有诸多不很稳重的举动,都是繁邦所不喜欢的。房子虽然像夏天大丽花一般热情和美丽,但他暗想,自己决不会娶这类女子为妻。

"我累了,哎,你不累吗,繁哥?"

房子说罢,她那高耸着胸脯的和服腰带周围像坍塌的墙壁迅速崩倒了。房子的脸孔突然伏在繁邦的膝盖上，这时他闻到了一股浓重的香气。

繁邦有些困惑，低头看着压在膝盖和腿上的沉重而柔软的负荷，很长时间没有动一动。因为他感到，要想改变这种状况，自己实在无能为力。况且，房子一旦将头交给堂哥穿着蓝哔叽裤子的大腿，就再也不肯移动一下了。

这当儿，隔扇打开了，母亲和伯父伯母蓦然走进来。母亲变了脸色，繁邦心里直跳。房子慢慢转过眼睛，接着懒洋洋地抬起头。

"我累啦，头疼。"

"哎呀，这怎么行，吃点药吧？"

这位爱国妇女会热心的干部，带着忠于职守的护士的语气问道。

"不，用不着吃药。"

——这件事情成了亲戚们的话题，幸好没有传到父亲耳眼里，但他受到母亲严厉的斥责。房子呢？房子再也不能到本多家里去了。

但是，本多繁邦一直记住了自己膝盖上经历过的温热而沉重的那个时刻。

当时,房子的身子、和服与腰带的重量全都压过来了,但他只想起了俊美而复杂的头部的重量。女人丰满的秀发缠绕的头颅,如香炉般架在他的膝盖上,仿佛透过繁邦蓝哔叽裤子不住地燃烧。那种温热宛如远方火场的热量,意味着什么?房子使用瓷罐笼火的方式说明一种难以形容的过度的亲热。尽管如此,她的头部的重量却是一种苛酷的、富于谴责性的重量。

房子的眼眸呢?

她因为斜斜地俯着脸,他看到就在眼皮底下,自己的膝盖上,滴溜溜圆睁着一双易受伤害的小巧的黑眸子。那就像一对临时停飞的极其轻盈的蝴蝶。忽闪着的修长的睫毛,是不住扇动的蝶翅,那瞳孔是翅膀上奇妙的斑纹……

那双眼睛是么缺乏诚实,如此接近又那么淡漠,那是随时展翅飞翔的不安和浮动,犹如水平计中的气泡,由倾斜变为平衡,由涣散到集中,无休止地来来往往。繁邦从未见过这样的眼睛。

这绝不是谄媚,较之刚才的谈笑风生,此时的眼神只能认为是极为孤独的眼神,将她内心里无限的游移不定的辉煌,毫无意味地、正确地映射出来了。

从那里扩散开来的令人迷惘的甘美与馨香,也绝不是胁肩谄笑的媚态。

……如此说来,无限近距离地广泛无边地占据着悠长时间的东西,那究竟是什么呢?

八

帝国剧场自十一月中旬至十二月十日演出的正本[1]剧目，不是当红的女明星演出的话剧，而是梅幸、幸四郎[2]等人的歌舞伎。清显认为这种戏剧适合招待外国客人，是他自己选定的，但他并不十分了解歌舞伎。演出的平假名《源平盛衰记》和《双狮子》[3]，都是他不熟悉的剧目。

看来，他邀请本多也是出于这个原因。原来本多预先利用学校午休时间，到图书馆一一查找了关于

---

1 取材于"能乐"或"狂言"的歌舞伎脚本。
2 尾上梅幸（1915—1995），第七代歌舞伎俳优，原名寺岛诚三，第六代尾上菊五郎的养子。松本幸四郎，江户中期以来歌舞伎俳优，初代为松本小四郎（1674—1730），今已袭名至十代传人。
3 即通俗本《源平盛衰记》，描写源义经讨伐木曾义仲（即源义仲）和一谷会战的情景。原文为《连狮子》，歌舞伎舞蹈，描写母子两代狮子的舞姿。

这些剧目的资料，做好了为暹罗王子解说的准备。

本来，对于王子们来说，观赏别国的戏剧仅仅是出于一种好奇心。那天放学后，清显立即陪伴本多回家，将本多介绍给王子们见面。本多用英语简要地讲述了当晚节目的内容，但王子们并不显得十分感兴趣。

清显对于朋友的忠实和认真态度抱着几分歉意和怜悯。其实，今晚来这里看戏，对他们每个人来说并不是主要目的。清显有些魂不守舍，他心里很不安，万一聪子打破约定，看了那封信怎么办？

执事前来报告，马车已经收拾停当。拉车的马对着冬日傍晚的天空一阵长鸣，鼻子里喷着白雾。冬天，马身上的气味稀薄，马的铁蹄踏着冰冻的土地，发出巨大的响声。这个季节的马，体内蓄积着雄健的力量，浑身是劲，清显见了非常高兴。绿叶丛中疾驰而过的马，仅是一只鲜活的野兽；而顶风冒雪勇往直前的马，以冰雪为体，以北风为形，变成一团不断飞旋前进的冬的气息。

清显喜欢马车。尤其是心中不安的时候，马车的晃动可以打乱不安独特的执拗刻板的节奏，而且又能贴近感受到赤裸的马屁股上甩动的马尾、高高耸立的鬣毛，以及咬牙时流下来的闪亮的泡沫和一丝丝唾液，再加上直接接触这种畜力的车内优雅的气氛，所有这些清显都很喜欢。

清显和本多都穿着制服和外套，王子们都是一身高领毛皮大衣，还是显得寒颤颤的。

"我们怕冷。"帕塔纳迪特殿下脸上现出冷峻的神情，"我曾吓唬过到瑞士留学的亲戚，说那个国家冷死了。没想到日本也这么冷。"

"很快就会习惯的。"

已经同他们混得很熟的本多安慰说。路上的行人都穿了披风，街道边飘扬着年末大减价的彩旗。王子们问现在过的是什么节。

王子的眼眸这一两天已经浸染了青黛色的乡愁，这给性格开朗而略显浮躁的库利沙达王子别添一种风情。当然，他也不是任性到无视清显好心招待的地步，不过，清显总是时时觉得他的灵魂已经出窍，飘到大洋中间去了。这反而令他高兴。一切都被现存的肉体封锁,一个丝毫无法浮动的心灵,在他看来会使人精神沉郁。

日比谷护城河畔,及早降临的夕暮中,帝国剧场白色砖瓦的三层楼建筑,晃晃悠悠越来越近了。

他们到达时,已经开始上演新编的剧目了。清显看到自己座席后面两三排偏斜的地方,老女仆蓼科和聪子坐在一起。他同她们互相对望了一下。聪子来了,她那一瞬间展露的微笑,给予清显的感觉是,她一切都原谅了他。

镰仓时代的武将们在舞台上来来往往,清显沉迷在幸福之中,这幕戏在他眼里一片模糊。摆脱不安的自尊心,从舞台上看到的只有自己闪光的身影。

"今晚,聪子比平时更加漂亮!她是精心化妆之后来的啊。她的这副打扮正合我心意。"

眼下,他不好转头去看聪子,只在心中反复思索。他不断感到背后她的美丽,这是多么令他高兴的事啊!坦然,富足,温馨,这一切都于现实的存在之中自然而然地实现了。

今晚上,清显只需要一个娇艳的聪子。这是从来没有过的。不是么？清显从来没有把聪子当成美女。她表面上虽然没有攻击性的言辞，但她是藏针的丝绸，隐含粗布的锦缎，此外，她不顾他的情绪一味爱着他。清显只感到，她就是这样的女人。清显只是把她作为沉静的对象，决不放在自己心里。他一直闷闷不乐，以自我为中心，紧闭心扉，防止那焦躁渐渐升起的朝阳，将锐利的批评的光芒从缝隙照射进来。

幕间休息，一切都水到渠成。他先是小声告诉本多，偶然碰到聪子也来了。本多回头瞟了一眼，很明显，他不相信这是偶然。清显看到他的眼神，反而放心了。这位不过分要求诚实的朋友，清显从他那里获得了理想的友谊，他的目光有力地证明了这一点。

人们熙熙攘攘拥向回廊，穿过玻璃彩灯集中来到窗前，这里可以看到正对面护城河和石墙一带的黑夜。清显一反寻常，兴奋地涨红了耳朵，将聪子介绍给两位王子。不用说，他是用一副冷然的口吻作介绍的。但出于礼仪，他也模仿王子们谈起自己恋人时那副天真而又热情的样子。

毫无疑问，如此把别人的感情当作自己的感情来模仿，正是来自眼下自由自在、轻松愉快的心情。他本来的感情是阴郁的，今后距离这种感情越来越远，到那时也会变得如此自由起来。为什么呢？因为他一点也不爱聪子。

老女仆蓼科老老实实退到柱子一旁，紧紧掩闭着绣有梅花的衣领，以此表示她决不和外国人坦诚相见的决心。清显对她的表现很满意，因为她没有吵吵嚷嚷说些感谢招待之类的话。

王子们在美女面前立即变得活跃了。同时他们也马上觉察，清显介绍聪子时用的是一种特别的腔调。乔培做梦也没想到，这是对自己那份朴素热情的模仿，反而开始从清显身上发现了正直自然的青春，对他越发亲切起来。

聪子虽然没有说一句外语，但在两位王子面前，不亢不卑，气度高雅。本多对此很感动。被四个青年包围着的聪子，姿态翩翩，穿着三滴水窄袖和服，如鲜花般光彩照人，同时又不失威仪之感。

王子们用英语向她问这问那，清显担任翻译。每次，聪子都对清显用微笑征求他的同意。因为这微笑发挥了出色的作用，对此，清显又感到不安起来。

"她真的没有看过那封信吗？"

是没看，要是看了，决不会采取这样的态度的。首先，她不会到这儿来。打电话时信确实还没有到，但信到之后有没有拆开来看，一时得不到确证。总之，只有直接问她才能得到"没有看"这样的回答，可他又没有这样的勇气。于是，清显对自己生起气来。

同前天晚上那响亮的应答声相比较，聪子的声音和表情有没有什么显著的变化呢？他不动声色地瞧着她，心中又犯起了嘀咕。

聪子端正而秀挺的鼻子，一如牙雕的偶人，看起来并不显得冷漠，但那随着缓缓低俯的眼神移动的侧影，忽而明净，忽而黯淡。一般人显得有些鄙俗的眼神，在聪子身上微显迟滞，言语将尽，便嫣然一笑，随后秋波一闪，万般柔情尽皆包裹于整个优雅的流动之中，谁看了都会高兴。

稍嫌单薄的嘴唇也很受看，微微鼓起，内含丰丽。每当一笑，露出的牙齿映着玻璃彩灯的余晖，这时，她总是伸出细嫩的纤指，迅速遮掩着莹润而清亮的口腔。

王子们过分的恭维话,经过清显翻译出来,聪子听了面红耳赤。刹那之间,清显弄不清楚,她头发里微微显露出来的形似雨滴一般爽净的耳轮,到底是因羞涩而变得潮红,还是本来就染上了胭脂呢?

但是,任何东西都无法掩盖的,是她眼眸里强韧的光亮。那里依然具有一种令清显生畏的奇妙的贯通力。那正是一颗果核。

《源平盛衰记》开幕的铃声响了,人们各自回到座席上。

"她是我到日本后遇到的最漂亮的女子。您真是太幸福啦!"

乔培和清显并肩走在通道上,他悄声说。这时,他眼中的乡愁也因此消失了。

九

松枝家的学仆饭沼在这里干了六年多了,他感到少年时代的志向日渐衰微,生起气来也和往日不同,只是用一种郁愤的目光冷然以对,无所作为地瞧着一切。这固然是松枝家新式的家风改变了他的性格,但真正的毒源是在十八岁的清显身上。

清显过了新年就十九岁了。一旦等他成绩优异地从学习院毕业,到二十一岁那年秋天能够升入东京帝大法科以后,饭沼的工作也该终结了。奇怪的是,侯爵对清显的成绩没有严加监督。

照现在这样下去,要想考东京帝大法科是没有把握的,那就只能升入单为学习院华族子弟毕业生提供保送入学的京都帝大或东北帝大。清显的成绩大体在不高不低的水平上浮动。他既不努力用功读书,又不积极锻炼身体。本来,他如果能获得优异的学习成绩,饭沼也感到光彩,更会受到家人亲戚的称赞。一开始为他着急的饭沼这阵子也不再着急了,因为他清楚,不管如何跌打滚爬,清显将来总能混个贵族院议员干干。

这个清显和学习成绩接近首位的本多很要好,本多又是他最亲密的朋友,但没有给他更多有益的影响,而是站在清显赞美者一方,交往之中一直对他阿谀奉承,这使饭沼很生气。

当然,这种感情里也夹杂着几分嫉妒。本多原本就是清显的同学,他始终站在承认眼下的清显这个立场上,可是对于饭沼来说,清显存在的本身,就是一天到晚杵在他鼻子底下的一个漂亮的失败的证据。

清显的美貌,他的优雅,他性格中的优柔寡断,缺乏朴素,放弃努力,充满幻想的心性,以及他那诱人的身姿,美妙的青春,还有那易伤的皮肤,梦一般修长的睫毛,都是对饭沼曾经有过的企图空前美好的背叛。他感到,这位年轻主人的存在本身,就是不断使他胆战心惊的嘲笑。

这种挫折的愤恨,失败的创痛长久持续下去,会把人引入一种崇拜的感情。每逢有人对清显冷言冷语,饭沼就十分震怒,而且,凭着一种连自己也莫名其妙的不合道理的直觉,去理解这位年轻主人无可救药的孤独。

清显之所以远离饭沼,一定是因为时常发现饭沼心里有这样的饥渴。

松枝家众多用人中,目光里深藏这种明显、无礼的饥渴的,只有饭沼一个人。

"对不起,请问那位学仆是个社会主义者吗?"

有的客人看见他的目光这样问,侯爵夫人听了咯咯笑起来,因为她对饭沼的身世、日常言行、天天不落一次地"拜宫"等,知道得一清二楚。

这位青年断绝了说话的对象,每天一早必定去"拜宫",向今世再也见不到的伟大的先祖诉说心里话。这成了日常的习惯。

以往只是一味发怒,随着年龄渐长,对自己也闹不清的庞大的不满——覆盖整个世界的不满——发出控诉。

早晨起得比谁都早。洗脸，漱口。穿上蓝白花和服和小仓纺宽腿裤，向祖祠走去。

经主楼后面，穿过女佣宿舍前面，踏上桧树林间的道路。严霜冻得地面隆起来，木屐踏碎霜层，现出晶莹、纯净的断面。桧树上夹杂着褐色枯叶的干爽的绿叶丛中，布满了冬日轻纱般的朝阳，饭沼从自己吐出的白气里，感受到自己被净化的心灵。小鸟的鸣啭由微蓝的晨空不停歇地沉落下来。凛冽的寒气一阵阵袭击着胸间的肌肉，有时使他心情激荡不已。"为何不能陪伴少爷一同来呢？"他为此而悲叹。

这种男子汉的豪爽的感情一次也没有教给清显，一半是饭沼的疏忽，他早晨没有能力硬把清显拉来一起散步；一半是饭沼的罪过，六年之间他没有使清显养成一个"良好的习惯"。

沿着平缓的山丘向上登，树林到头了，广阔的枯草地中间有一条鹅卵石参道，可以看到依次排列着祖宗祠堂、石灯笼、花岗岩牌坊，以及石阶下面一对大炮弹，在朝阳的照耀下，整然有序。早晨这一带地方，完全不同于松枝家主楼和洋馆周围的奢华，充溢着简净的气氛，使人感到好像进入白木新搭成的房屋框架之中。饭沼从孩提时代就学会的美好和善良，在这座宅第里只存在于死的周边。

登上石阶站到祠堂前边，这时，光影缭乱的杨桐树叶里，隐隐约约闪现出小鸟红黑的前胸。小鸟发出击柝般的鸣声，打眼前飞过去。好像是鹟鸟。

"祖宗在上。"饭沼像往常一样，合掌膜拜，口中念念有词，"为何时代到了今天，会是这个样子？为何力量、青春、野心和素朴尽皆衰微，变成如此一个毫无作为的世界？您杀了人，又差点被人所杀，您历尽千难万险，创造新的日本，不愧是创世的英雄！您一切大权在握，最后安然离世。您所生活的时代，怎样才能得以复苏呢？这种软弱、无能的时代究竟要存续到几时？不，是否刚刚开始？人们只考虑金钱和女人。男人忘记了男人之道。圣洁而伟大的英雄和神的时代，随着明治天皇的驾崩一同泯灭了。那个无限发挥青年们力量的时代，一去不复返了吗？

"这是个到处开咖啡馆招徕顾客的时代；因为电车上男女学生有伤风化，故而专设女子车厢的时代；

人们已经耗尽全力，失去了奋不顾身的热情。只能颤动着末梢神经，摆动着女人般纤细的指头。

"这是为什么？为何会有这样的社会？一切的洁净之物悉数变得污浊的社会！我所伺候的您的文孙，正是这种孱弱时代的产儿。我现在是无能为力了，莫非断然一死就可以尽到我的责任了吧？抑或由先代祖宗圣思神虑，显灵做主，让我长此以往，继续坚持下去呢？"

饭沼忘记寒冷，只顾热衷于心灵的对话，他从蓝花和服领口一眼瞥见粗黑的胸毛，悲叹自己没有被赐予一个和清纯的心灵相适应的肉体；而有着一副清丽、白净肉体的清显少爷，缺少这种男子汉气的鲜活而素朴的心灵。

饭沼正在认真祈祷达于高潮之际，浑身燥热起来，晨风凛凛，膨胀的裤子里他感到两股之间勃然而动。于是，便从祠堂地板下面抽出扫帚，疯狂地扫起地来了。

+

过年不久，饭沼被招到清显宿舍，屋里坐着聪子家的老女仆蓼科。

聪子已经来拜过年了，今天蓼科单独来拜年。她送来京都产的面筋，然后悄悄来到清显这里。饭沼朦胧地知道蓼科，这回是首次正式被约请见面，但不知道因何故而被约请。

松枝家每逢过年仪式都很隆重，从鹿儿岛来的几十位代表，元旦那天，他们来到位于旧藩主故宅的松枝家拜年。镶着黑漆木格子天花板的大客厅里，摆着星冈店定做的新年菜肴。这些乡下客人饭后还能尝到珍贵的冰激凌和西洋甜瓜，所以闻名遐迩。今年因天皇驾崩，只有三位代表来京。其中照例有一位饭沼毕业的那所中学的校长，因为学校曾经受到过先祖的关照，每当饭沼从侯爵手里接过酒杯的时候，总是听到侯爵对校长说道："饭沼干得很出色。"今年同样如此，校长答谢的致辞也像盖了印章一般同往年一模一样。但对于饭沼来说，尤其今年的仪式，也许因为人数太少，他感到空洞无物，徒具形式。

主要来为侯爵夫人拜年的女宾席上，饭沼自然不会参加。而且，一个上了年岁的女宾前来访问少爷的书斋，倒是个例外。

蓼科穿着黑色家徽的条纹礼服，颇有威仪地端坐在椅子上。清显拿出威士忌招待她，看来有点醉了，盘得整齐的白发下面，京风[1]式浓妆的前额犹如雪中红梅，略显酩酊之色。

谈话每每涉及西园寺公爵[2]，蓼科就由饭沼身上移开视线，立即回到原来的话题。

"听说西园寺先生从五岁起就开始喝酒抽烟，将门之家对子弟训诫严格，公卿一族，正如少爷所知，

---

1 京都风格。
2 西园寺公望（1849—1940），公爵，大勋位。维新时荣立军功，政友会总裁、首相。1919 年担当日本出席巴黎和会首席代表。

从小父母就放任自流。这还不说,从孩子一生下来就授予五位,可以说是为天皇培养臣子,所以父母出于对皇上的尊崇,不肯严加管束自己的儿子。因而,公卿之家对朝中诸事尽皆守口如瓶,绝不像大名家里,家族之间对于圣上风言风语,飞短流长。出于这种原因,我们家小姐对于圣上打心眼里崇敬,当然,对于异邦人的皇上就不会那样毕恭毕敬了。"

蓼科捎带着对招待暹罗王子一事给以讥刺,接着赶紧添了一句话:

"对了,好久没看戏了,这次托福踏进戏园子,感到又能多活几年了。"

清显听任蓼科东拉西扯地说下去,他之所以特意把老女仆叫到这间屋子来,是想解决长久盘踞在心头的疑问。他劝她喝酒,也是想向她问清楚,自己给聪子的信是否没有拆阅就付之一炬了。对这事蓼科的回答出乎意料得清清楚楚。

"啊,是那个呀,小姐接到电话后马上告诉我了。第二天信一到,我没开封就烧掉了。事情就是如此,请只管放心好了。"

清显听了，仿佛从幽暗的林间小道俄而跑进广阔的原野，眼前是令人心旷神怡的五彩缤纷的美景。聪子没有看信，虽然一切都复归原位，但这对他来说，又展开一片新的希望。

聪子也鲜明地踏出了一步。每年她来拜年，总是选在全体亲戚家的孩子集中到松枝家的这一天。这天，侯爵就像这些从两三岁到十多岁的小客人的父亲，亲切地向孩子们问这问那，同他们谈笑风生。孩子们要看马，聪子跟在后头，由清显陪着一起到马厩去。

门上搭着稻草绳[1]的马厩，养着四匹马。这时，只顾将头插进料槽吃草的马，猛然抬起头来，后退几步，踢踏着板壁，气势昂扬，平滑的脊背迸发着新一年的精锐之气。孩子们一一向马丁询问马的名字，然后兴高采烈地将手里紧握的半碎的饭团子，瞄准马的黄牙扔过去。马儿们用布满血丝的眼睛急切地斜睨着他们，孩子们觉得自己被这些马当作大人一样看待，心中欢喜非常。

1　新年时悬于住居、寺社等入口上方的饰物。

聪子害怕马嘴里流下来的长长的口涎，躲到远处冬青树晦暗的树荫里。清显将孩子们托付给马丁，随后走到聪子身边。

聪子的眼角残留着几分屠苏酒的醉意，因而，她那混在孩子们欢声笑语里的下面一段话，看样子也许是酒后真言。聪子放肆地瞧着向身边走来的清显，滔滔不绝地说道：

"这几天我活得很高兴，谢谢您把我当作您的未婚妻介绍给别人。王子们看到我这个老太婆，一定很惊讶吧？那时候，我感到，就是随时死掉我也心甘情愿。您有力量使我幸福，但却很少使用这种力量，对吗？我从来没有度过这样幸福的新年。今年一定会交上好运的。"

清显不知如何回答她才好，只得用沙哑的声音问道：

"为什么要这样说呢？"

"人在幸福的时刻，说话就像轮船下水典礼上从彩球飞出的鸽子，一股劲儿向蓝天飞翔。清少爷，您很快就会懂得的。"

聪子在如此热情的表白之后，又插了一句令他十分讨厌的话。"您很快就会懂得的"，这种预见显得多么自负，这是一种上了年岁的人的确信……

——几天前听到这种话，今天又听蓼科一番表白，清显心里一派晴朗，充满新的一年的吉兆。他忘记了每晚阴森的梦境，倾力于光明的白昼的理想和希望。于是，他不自量力，一心想摆出一副光明磊落的态度，驱散身边的暗影和烦恼，使人人都幸福起来。乐善好施犹如操作精密机器，需要有熟练的技术。清显这时候，出乎寻常地轻率。

但是，把饭沼叫到自己房间来，不仅是出于一种善意，即想看到饭沼明朗的面孔，以便驱走身边的暗影。

几分醉意助长了清显轻率的举动。此外，他一方面看到蓼科这位老女仆一副道貌岸然、彬彬有礼的样子，一方面又觉得她像持续几千年旧时代青楼里的老鸨，那一丝丝皱纹中镶嵌着凝聚官能刺激的风情，这种风情暗暗默许了他的放纵。

"学习的事，饭沼什么都教过我了。"清显有意对蓼科说,"但饭沼没有教我的还有很多很多。其实,饭沼不懂的东西有的是。所以在这一点上,蓼科今后必须多教教饭沼才是。"

"瞧您说到哪儿去了,少爷。"蓼科殷勤地接过话头,"这位已经是大学生了,我这个没有什么学问的人,这种事哪敢……"

"所以,我刚才的话没有让你教他做学问的意思。"

"别拿我这个老太婆寻开心啦。"

他们两个谈话时,始终没有理睬饭沼,清显没有让他坐,一直站在那儿,眼睛望着窗外的湖水。天气阴霾,湖心岛一带寒鸭戏水,顶端浓绿的松树葱茏茂密,岛上覆盖着枯草,俨如披着一件蓑衣。

听到清显一声吩咐,饭沼这时才挨着小椅子边缘坐下来。他怀疑,清显是否真的一直注意到他。看来,清显一定是想在蓼科面前显示一下自己的威严。清显这种新的心理动机,使饭沼很是高兴。

"我说饭沼啊,刚才蓼科提到女佣中都在风言风语谈论一件事……"

"哦,少爷,那事……"蓼科连忙摆手制止,可是来不及了。

"说你每天早晨去'拜宫'是有另外目的的。"

"什么另外目的?"

饭沼满脸紧张,放在膝盖的拳头也颤动起来。

"不必再说啦,少爷。"

老女仆整个身子靠在椅背上,像个歪倒的陶瓷人。她似乎从内心里感到困惑,睁着双眼皮开得略显过分的眼睛,目光淡薄而锐利,快乐的心情浸染着松弛的嘴唇,嘴里镶着一口不太整齐的假牙。

"拜宫的道路透过主楼后面,那里面临一排女佣宿舍的格子窗户。你走过那里,每天都能和美祢见面。前天,你从窗棂里塞进一封给美祢的情书,是不是?"

没等清显把话说完,饭沼立即站起身来。他面色苍白,看得出是在极力压抑内心的感情,脸上细微的筋肉凸显出来。他那一直像个影子似的面孔孕育着阴沉的火花,眼看就要炸裂了。清显高兴地望着他,清显完全了解饭沼的痛苦,清显把那张丑陋的脸孔当成幸福的脸孔。

"今天……我就辞职。"

饭沼说罢,抬腿就想走开,蓼科一跃而起,一把将他拽住了。这使清显甚感惊讶。平素总是拿腔作态的蓼科,一瞬之间,动作像豹子一样灵活。

"你不能离开这里。你如果走了,我又该怎么办呢?要是因为我的多嘴多舌,人家的学仆被解雇了,那我也得辞掉四十年的工作离开绫仓家。可怜可怜我吧,静下心来好好想想,明白吗?年轻人考虑问题太简单,那可要吃亏的。但这也是年轻人的好处,真是没法子啊!"

蓼科对饭沼做了一番删繁就简、颇得要领的说服工作,她一边拉着饭沼的衣袖,一边苦口婆心地好言相劝。

这套办法蓼科这辈子用过几十遍了,早已轻车熟路。她深知只有在这个时候,自己才是世界上最需要的人。她可以不动声色地从内里维护这个世界的秩序,她有这个自信。她总是出现于这样的一些场合:重要的典礼正在进行,不巧身上的和服绽开了线;不该忘记的讲话稿丢失了,等等。她的自信来自于能洞悉奇妙的突发事件。在她眼里,这些平时很少出现的事态反而是常态。她的机敏的补救手法里,包含着自己对于不测事件所付出的代价。这位遇事不慌的女子,她认为这个世界没有绝对安全的东西,即便是万里无云的蓝天,也会突然闪过一梭燕影,倏忽划破晴空。

而且,蓼科的补救工作灵敏、坚实,无懈可击。

饭沼事后时时在思忖,瞬间的踌躇,有时可以完全改变一个人的后半生。这一瞬间,大体好比一张白纸锐利的折痕,踌躇将人永远包裹起来,原来纸的正面变成了反面,再也不能回到正面上去了。

饭沼在清显书斋门口被蓼科拦住的时候,不由犯了踌躇,这下子全完了。他那年轻的心里,犹如游鱼在浪尖上时时闪现脊背,各种疑问一起涌来:美祢会把情书笑着展示给大家看吗?或者无意中被人家发现,从而使美祢陷入痛苦吧?

清显看到饭沼回到小椅子上,他首先取得了一次不值得骄傲的小小胜利。他不打算向饭沼传达自己的善意了。他只要随心所欲地行动起来，自己感到幸福就行了。他如今确实像个大人，感到可以优雅自由地有所作为了。

"我把这件事公开出来，不是为了伤害你，也不是拿你开玩笑。你知道吗？为了你，我和蓼科两个人商量好了，决不会告诉你父亲，同时也努力想办法不让你父亲知道。

"至于今后的事，我想蓼科会帮你出主意的，对吧，蓼科？不是吗？美祢是女佣里最漂亮的美人儿。正因为如此，可能会有些问题。不过，这件事交给我好了。"

饭沼像个无路可逃的密探，目光炯炯，一句不漏地听清显说着，自己始终沉默不语。清显的每一句话，如果细究起来，会有许多令人不安的成分，故而不再刨根问底，只管印在心坎里就行了。

饭沼瞧着清显的面孔，这位平常很少侃侃而谈的比自己年少的青年，今天倒像个主人的样子。这本来是饭沼所希望看到的成果，但没有想到要经受这种残酷无情的方式才得到实现。

饭沼被清显打败了,他感到这和被自己内部的肉欲打败完全相同,这使他甚觉奇怪。刚才一时的踌躇之后,他感到自己长久以来那种羞愧的快乐,立即和光明正大的忠实、诚信结合在一起了。这中间,必定有圈套,有诈术。但是,无地自容的羞愧与屈辱的底层,实实在在地开启着一方金灿灿的小门。

蓼科用故作细嫩的嗓音随声附和道:

"一切就照少爷说的那样办吧。少爷虽说年轻,但却是个细心周到的主儿。"

饭沼听到的是和自己完全相反的意见,但是他却毫不感到奇怪地倾听着。

"但有个条件,"清显说,"从今以后,你不能为难我,要和蓼科一起全力帮助我。我也会帮助你获得爱情。大家和睦相处吧。"

±

清显在《梦日记》中写道:

最近很少同暹罗王子们会面,但不知为什么,现在老是做暹罗的梦,梦见自己到了暹罗……

我一动不动地坐在房子正中漂亮的椅子上。梦中的我一直感到头疼,因为头上戴着又高又尖的缀满宝石的金冠。天花板上纵横交错的梁檩上,停满了孔雀,这些孔雀不时向我的金冠上撒落白色的粪便。

窗户外是燃烧的太阳,荒草离离的废园,沐浴着灿烂的阳光,寂静无声。论声音,只有苍蝇轻微的嗡嘤,还有那些孔雀发出的声响,它们不断变换方向,时时转动着坚硬的脚爪,用喙嘴打理着那一身翠羽。废园围在高高的石墙内,石墙开着宽大的窗户,可以看到外面几棵椰子树和一堆堆纹丝不动、银光闪耀的云层。

低下眉头,看到自己手指上戴着祖母绿戒指。这本是乔培戴的戒指,不知何时移到我的手上了。一对黄金守门神亚斯卡奇怪的脸孔镶嵌在一圈宝石之中。两者精巧的工艺也十分相像。

自己手上浓绿的祖母绿宝石中,不知是白斑还是龟裂,如霜柱一般晶莹闪亮。我望着望着,看到那里浮现出一个娇小可爱的女子的面庞。

我以为是站在背后女子的脸,回头一看,没有一个人。宝石中娇小的女人的脸,微微晃动着,刚才还是神情严肃,现在充满明朗的微笑。

苍蝇群集手背上,很痒,连忙挥了挥手。又一次窥视一下戒指,这时,女子的脸孔已经消隐了。

认不出那女子究竟是谁，我在一种莫名的痛悔和悲伤之中醒来了……

清显在自己的《梦日记》中，从来不附加自己随意的解释。可喜的梦就按可喜的梦，不吉的梦就按不吉的梦，一一如实记述下来，以便将来能唤起尽可能详细的回忆。

他不在意梦的意思，他只重视梦的本身。或许在他的意识中，潜伏着对于自己的存在感到不安的缘故。醒来的他感情游移不定，比较起来，梦要确实得多。感情到底是不是"事实"，没有办法测定，而梦至少是"事实"的。而且，感情无形；梦既有形又有色。

清显在写《梦日记》时，未必想把现实中一些不如意的不满情绪封闭起来。近来，现实一直采取随心所欲的形式。

甘拜下风的饭沼成了清显的心腹，经常和蓼科联络，想办法让聪子同清显会面。按清显的性格，有了这位心腹已经心满意足，似乎不需要本多这位朋友了，便无形中和本多疏远起来。本多感到寂寞，他敏感地觉察到清显已经不需要自己了。但他将过去的时间权且当作交友的重要组成部分，把他和清显一起虚度的光阴全部用在读书上。他广泛涉猎英、德、法等语言的法律、文学和哲学书籍。他没有步内村鉴三[1]的后尘，而是有感于卡莱尔[2]的《旧衣新裁》。

一个下雪的早晨，清显要到学校去，饭沼环顾了一下周围，走进清显的书斋。饭沼这个新的鄙屈的举动，消除了他阴郁的表情与行动不断给清显带来的压力。

饭沼告诉他蓼科打来了电话，说聪子对今天早晨的雪很感兴趣，很想和清显一块儿坐车观赏雪景，要清显向学校告假，前去接她。

这种随心所欲的请求使他出乎意料，清显有生以来从来没有人向他提出过。他已经做好上学的准备，一只手提着书包，茫然地望着饭沼。

---

1 内村鉴三（1861—1930），日本宗教家，评论家。创办杂志《圣书之研究》，著作有《求安录》等。

2 托马斯·卡莱尔（Thomas Carlyle，1795—1881），英国历史学家，评论家。

"你在说些什么呀,聪子小姐当真是这么想的吗?"

"是的,蓼科这么说的,不会有错。"

奇怪的是,饭沼这样断言的时候,多少恢复了些威仪,看他那副神色,仿佛清显一旦抗拒,就会招致道德的谴责。

清显倏忽瞥了一眼背后庭园的雪景,聪子这种说一不二的做法,与其说伤害了自己的骄矜之气,不如说像操起一把手术刀,迅速而巧妙地切除了他那骄矜的肿块,使他感到通体清凉。这是一种几乎来不及感受的迅疾的、无视自己意志的新鲜的快感。"我只得按聪子的意志行事了。"他思忖着。他看到雪虽然积得还不厚,但却纷纷扬扬地下着,覆盖了湖心岛和红叶山。

"好吧,你给学校打个电话,就说我感冒需要请假。这事决不能让我父母知道。然后再去车场雇佣两名可靠的车夫和一辆双人包车。我步行走到车场去。"

"冒着雪去吗?"

饭沼发现年轻的主子立即脸红了,美丽的红潮涌了上来。那红潮在窗外纷纷而降的雪的映衬下,罩上了几分暗影,渗入暗影的红潮更加艳丽动人。

饭沼眼见着这位在自己照料下成长的少年,从未养成一副英雄的性格,但不论目的如何,他的眼眸中却蓄着一团火焰出发了。饭沼满意地瞧着他,自己也很诧异。如今清显奔去的方向正是他曾经蔑视的方向,抑或于游惰之中,潜隐着尚未发现的大义吧。

$$\pm$$
$$=$$

麻布的绫仓家是一座武士的宅第,长条屋门左右是开着一排凸窗的守卫所。家中人手少,长条屋里似乎没有住人。积雪包裹着屋瓦的棱角,不过看起来却像屋瓦的棱角忠实地将积雪按一定形状顶起来了。

门洞旁边有个黑色的人影,似乎是蓼科打着伞站在那儿。车子靠近门边时,那黑影旋即消失了。清显等着车子停到门前,这期间,他的眼里一直眺望着门框中瑟瑟而降的雪片。

不一会儿,在蓼科稍稍张开的伞的护卫下,聪子罩着紫色的披风,双袖捂在胸前,低俯着身子,钻出了旁门。那姿影在清显眼里,宛若从小小的储藏室里,往雪地上拖出一个紫色的大包裹,美艳得令人无奈,令人窒息。

聪子上车的时候，无疑是在蓼科与车夫的搀扶下，半悬着身子坐进车中的。清显揭开车帷接应她。聪子的头上和领口以及头发上粘着一些雪花，一张光艳动人的细白的粉脸，满含微笑，伴着飞雪靠了过来。他感到仿佛是什么东西由平淡的梦境中抬起身子，急剧地向自己袭来。也许是承受着聪子的体重的车子不稳定地摇晃着，强化了这个突如其来的感觉。

这是跌落过来的紫色的堆积，那浓烈的香气对于清显来说，就像自己冰冷的面颊周围飘舞的雪花俄而散放的馨香。上车时随着身体的姿势一纵，聪子的脸庞一下子挨近清显的面颊，她立即将身子摆正，刹那间，清显清楚地看到她那紧绷的颈项，宛若一只白天鹅挺直了脖子。

"什么事……到底什么事，这么着急？"

清显耐着性子问道。

"京都的亲戚得了重病，父亲和母亲昨晚乘夜车赶去探病了。剩下我一个人，很想和您见见面，想了整整一个晚上。这不，今早下雪了，我想和清少爷两个一块儿赏雪去。我生来第一次这么任性，还请您多担待些。"

聪子和平时不同,她喘息着,用娇滴滴的声音说道。

车子在两个车夫一拉一推的吆喝声中出发了。透过车帷的小窗,只能看到微黄的丝丝缕缕的雪片,车中不停地摇动着一团晦暗。

两人的膝头盖着一块清显带来的苏格兰绿格子小毛毯,他俩如此身子挨着身子依偎在一起,除了幼年时代早已遗忘的记忆,这还是第一次。

布满灰色微光的帷幔缝隙忽张忽合,雪花不住瞅空子钻进来,在绿色的护膝小毛毯上凝结成水珠。大雪扑打着车顶,那声音听起来犹如落在芭蕉叶上。清显好奇地瞧着,听着,被这番景象完全吸引住了。

车夫问要去哪儿。

"哪儿都行,不管什么地方,只要能去。"

清显回答,因为他知道聪子也是同样的心情。随着车把抬起,两人一同向后仰了仰,保持着局促的姿势,连手也没有握一下。

但是,护膝小毯子下面,膝头不可避免地互相接触，犹如传递着雪下一点闪亮的火花。那个挥之不去的疑团，又在清显的脑子里翻腾起来了。"聪子真的没有看过那封信吗？蓼科既然说得那么肯定，看来不会有假。那么，聪子还会嘲笑我不识女色吗？我究竟如何才能忍受住这种屈辱呢？本来我是那样巴望聪子不要看到那信，现在反而感到看到了更好。这样一来，这种雪天早晨里的疯狂的约会，就明显意味着一个女人对于一个深谙儿女私情的男子真挚的挑战。要是这样，我也有办法对付。……不过，即便如此，我的不识女色的事实，不就再也瞒不下去吗？"

一方小小晦暗的空间的摇动，使他的思绪四处飞散开来，他即使将视线从聪子身上移开，除了明亮的小窗赛璐珞上粘满微黄的雪片之外，就再也没有值得一瞧的地方了。他终于把手伸向小毯子下面，聪子的手早已等在那里，那是守在温暖巢穴中的狡黠的手。

一片雪花飞进来，粘在清显的眉毛上，聪子看见"哎呀"叫了一声。清显不由得转过脸望望聪子，感觉到自己眼皮上一阵冰凉。聪子迅速闭上眼睛，清显直视着她紧闭双眼的面庞，只有绯红的嘴唇略显黯淡，脸蛋宛若指甲弹拨的花朵，轮廓缭乱地摇动着。

清显的心剧烈跳动，他切实地感到制服高耸的领口紧紧束缚了脖颈。聪子那张双目紧闭、娴静而白皙的面孔是个最为难解的谜。

护膝小毯子下边握着的聪子的手指在稍稍加力，清显觉得这是一种信号，无疑他又再次受到了伤害。然而，他被这轻轻的力所引诱，很自然地将自己的嘴唇贴在聪子的芳唇上。

车子的颠簸眼看又将使合在一起的嘴唇分开，于是，他的嘴唇以及他所接触的嘴唇为中心，一切姿势都在抵抗着车子的摇摆。清显感到，仿佛有一幅无形的、巨大而芬芳的扇面，正以他所接触的嘴唇为轴心，向着周围徐徐展开。

这时候，清显的确懂得了忘我，但他没有忘记自己的美貌。自己的美和聪子的美，从公平对等的角度来看，这两者的美无疑是像水银一般融合在一起了。他觉悟到，那些排拒的、焦灼的、尖刻的言行，其性质都和美毫无干系，对于所谓"孤绝的自我"的迷信，这种宿疾不存在于肉体，只寄生于精神。

当清显完全拂去心中的不安，确实感到自己处于幸福之中的时候，接吻也就变得越来越果断和热烈了。随之，聪子的樱唇也愈加柔媚。清显害怕自己的全身会融入那温润而甜蜜的口腔之中，于是，他想用手指触及一下有形的东西。他从小毯子底下抽出手，抱住女人的肩膀，支起她的下巴颏。这时，他的手指体验了女人下巴上纤细、柔嫩的骨头的感觉。他再次切实感觉到存在于自己之外的另一个肉体个体的姿影，这样一来，反而使得口唇的融合更加亲密了。

聪子珠泪滚滚，滴落到清显的面颊上，他清楚地感觉到这一点。清显浑身泛起一种骄矜之气。然而，他的这种骄矜丝毫不含有曾施惠于他人的满足。聪子的一切所作所为，那种年长者的批评的语调也消失殆尽了。清显用自己的指尖抚摸着她的耳朵、胸脯，他陶醉于一次又一次新鲜而柔软的触感之中。他学会了，这就是爱抚！他把即将飞离的雾霭般的官能一手揽住，化作有形之物了。而今，他只考虑自己的喜悦。

这是他所能做到的最大的自我放弃。

接吻结束的时候,又像极不情愿地从梦中醒来,虽然昏昏欲睡,但很难抗拒透过薄薄眼睑的玛瑙般的朝阳。他心中依然充溢着郁悒的留恋之情,只有在这个时候,睡眠的美味才达于顶峰。

口唇一旦脱离,犹如正在鸣啭的小鸟突然闭上嘴,留下了不祥的静寂。两人不再相互对望,一直沉默不语。然而,这种沉默因车子剧烈的晃动而被打破,那感觉仿佛又都在忙于别的事情了。

清显低着头,看见小毯子下面露出的女子穿着白布袜子的脚尖,那双脚犹如绿色草丛中察知危险的小白鼠,正胆怯地窥探着四方。而且,脚尖上稍稍沾上了些雪花。

清显感到自己两颊灼热,他像孩子似的伸手摸摸聪子的面颊,发现和自己一样灼热,他满足了。只在那个地方有夏天。

"我把幔子打开来。"

聪子点点头。

清显伸开手臂,扯掉前面的幔子。面前沾满雪花的四角形的断面，像倾斜的银白的门扉，无声地崩塌下来。

车夫听到了动静，停下脚步。

"不要站住，快走！"清显喊道。车夫听到背后爽朗而充满青春活力的呼喊，再次挺起了腰杆。"快走，一个劲儿朝前走！"

车子随着车夫的吆喝向前滑动。

"要给人看到的。"

车内的聪子含着温润的眼神说。

"管他呢！"

清显这种果敢的语气，连自己都感到惊讶。他很清楚，他要直接面对世界。

抬头仰望天空，犹如雪浪奔涌的深渊。飞雪扑打着两个人的颜面，一旦张开口来，雪花就势飞入口中。要是就这样被白雪掩埋，那该多好！

"瞧，雪飞到这儿啦……"

聪子的声音仿佛在梦里。她似乎想告诉他，雪片从喉头滴落到胸乳一带了。但是，飞落的雪花纹丝不乱，那种降落的方式具有典礼的庄严。清显双颊冷却了,他感到心情也渐渐平静下来。

车子沿着住宅众多的霞町坂上一条悬崖,经过一片空地,进入可以遥望麻布第三联队营房的地方。一片银白的营地里,没有一个士兵,突然,清显在这里看到了那册日俄战争影集中得利寺附近战死者祭典的幻象。

数千名士兵麇集一处,围绕着白木的墓标和白幡布飘扬的祭坛,垂首默祷。和那照片不同的是,士兵们的肩上堆满了积雪,军帽的庇檐上也同样一片雪白。瞬间里清显想到,他所看见的实际上都是死去士兵的幻影,集合在那里的数千名士兵,不仅是为了吊慰战友,同时也是为着吊慰自身而默哀⋯⋯

幻象立即消泯了,透过雪光,一幕幕景色在眼前出现:高大的围墙内,巨大的松树上架起了新的防雪的绳网,鲜艳的麦黄色表面挂着摇摇欲坠的积雪;两层楼房上紧闭的毛玻璃窗内,依稀闪现着白昼的灯火。

"放下来吧。"

聪子说。

幔子放下了,看惯了的黑暗重新涌来。然而,刚才的陶醉却没有再来。

"她对我的吻究竟是如何感受的呢?"清显又泛起了他惯有的疑惑,"是否以为我有点热情过度,太执拗,又太孩子气,有点不像话呢?那时,我确实一味陶醉于喜悦之中啊。"

"该回去了。"

这时,聪子的话语恰到好处。

"她又在故意打岔了。"

清显想着想着,突然放过了提出异议的机会。当时如果说不回去,骰子就捏在清显手里,但是,那尚未拿惯的沉甸甸的象牙骰子,并不属他所有,因而一接触到指尖就感到冰冷异常。

十三

清显回到家,说是浑身发冷,请假早退回来的。母亲来到清显的屋子探病,硬要给他量体温,正闹得人仰马翻的时候,饭沼前来报告,说本多来电话了。

母亲要替他去接,清显费了好大劲才制止了她。不管怎样,他都要亲自去接,母亲在他的背上裹了一层羊绒毛毯。

本多是借学校教务科的电话打来的,清显的声音显得极不高兴。

"有点小事,对家里人说到学校去了一下就回来了。上午没去学校,瞒着家里呢。感冒?"清显一面记挂着电话室的玻璃门,一面继续不悦地闷声说着,"感冒没啥了不起的,明日去学校,到时候再给你细说。……只是缺一天的课,用不着担心打电话来。真是小题大做！"

本多挂了电话，自己的一番厚意换来了一顿抢白，心里觉得十分憋气并感到愤怒。此种愤怒，过去对于清显从未产生过。较之清显一副冷淡的不高兴的声音以及毫无礼貌的应对，更要紧的是，那种不情愿地对朋友不得不泄露一个秘密时所流露出来的遗憾，刺伤了本多的心。其实，他从未有过一次强迫清显硬要袒露自己的秘密。

本多稍稍冷静之后，就开始反省。

"只一天没来校，我就急着打慰问电话去，这哪里像我所干的事啊？"

然而，这种急不可待的慰问，不能完全说是出自无微不至的友谊，他被一种不祥的念头所驱使。为了利用课余时间，到教务科借打电话，他跑过了堆满积雪的校园。

打一清早，清显的课桌就一直空着。对于本多来说，这是一种恐怖，似乎可怕的事情来到眼前了。清显的桌子靠近窗户，窗外的白雪映在古老的千疮百孔的、新涂上一层清漆的桌面上，那桌子看起来仿佛一具蒙上白布的坐棺……

本多回到家里,心中闷闷不乐。这时,饭沼打来电话,说清显打算对刚才的事情表示道歉,今晚雇车子来接他到清显家去一趟,问他是否方便。饭沼那副沉闷的腔调更加使本多感到不快。他一口回绝,说是等到清显来校之后再详细面谈。

清显从饭沼嘴里听到回话,恼恨得仿佛真的生病了。而且,深更半夜,他无故把饭沼叫到屋里,一番话将饭沼吓了一跳。

"都怪聪子小姐,人家说女人就会破坏男人们的友谊,这话一点不错。要不是聪子一大早那般任性,本多哪里会生这么大的气啊!"

夜里,雪停了。翌日早晨,天气响晴。清显不顾家人阻止,上学去了。他比本多早到学校,打算主动向本多问好。

但是,一夜过后,紧接着又是一个光辉的早晨,清显的心里那种抑制不住的幸福感,使他完全换了一个人。本多进来时,清显笑脸相迎,他若无其事地报以恬淡的微笑,清显本想把昨天早上的事全都说出来,这会儿又改变了主意。

本多虽以微笑作答,但并没有开口说什么,他把书包放在自己的课桌上,靠着窗台眺望晴雪后的景色。接着,他瞥一眼手表,看到离上课确实还有半个多小时,便转身离开了教室。清显很自然地随他而去。

高等科教室是一座木质结构的二层楼房,旁边有一处以凉亭为中心的小型几何图形的花坛,外侧连着悬崖,一条小路向下通向一片森林,森林中心有一个小水池,名字叫作洗血池。清显以为本多不大可能到洗血池去,因为刚刚化雪的小路,走起来十分艰难。果然,本多走到凉亭那里站住了,用手拂去坐凳上的积雪,坐了下来。清显穿过白雪覆盖的花圃,向那里靠近。

"你为何盯着我?"

本多有些目眩地眯细着眼睛,看着这边问道。

"昨天都怪我不对。"

清显坦率地道着歉。

"算了吧,你是装病吗?"

"是的。"

清显挨着本多身边,同样拂去积雪坐下来。

本多深感目眩地瞧着对方,为感情的表面镀了金,这对消除彼此的隔阂很有作用。站立时透过积雪的树梢,可以望见水池,但如果在亭子里坐下来,就看不到了。校舍的屋檐、凉亭的庇檐,以及周围的树木,都一齐响起化雪时滴水的声音。覆盖着四周花圃上的凹凸不平的积雪,表面上已经冻结而陷落,犹如花岗岩粗劣的断面一样,反射着致密的光亮。

本多以为,清显肯定会吐露自己心里的某种秘密,但他又不承认自己是为此在等待。他有一半希望清显什么也不要对他说,朋友施以恩惠似的告诉他一些秘密,这对本多来说是难以忍受的。于是,他不由得主动开口,故意绕着圈子说道:

"我最近一直在考虑个性这个问题。我至少认为,这个时代,这个社会,在这所学校里,自己是个与众不同的人,我也希望有这个认识。你也是这么看的吗?"

"那是这样的。"

逢到这种时候，清显便用他那独特甘美的、言不由衷的语调，心不在焉地应和着。

"但是，百年之后又将如何？我们只能身不由己地被卷裹于一个时代的思潮里，并在其中眺望。美术史上各个时代不同的模式，毫不留情地证明了这一点。身居于一个时代之中，不论是谁都只能透过这种模式观察事物。"

"那么说，现在的时代有没有模式？"

"我要说的是，明治的模式正在走向死亡。然而，生活在模式里的人们，决不会看到这种模式，所以，我们也同样被包裹于一种模式里。这就像金鱼一样，并不知道自己生活在鱼缸之中。

"你只是生活在感情的世界，别人看到你变了，你自己也以为是忠实地生活于自己的个性之中。但是，没有任何能证明你个性的东西。同时代人的证言一个也不可指望，或许你的感情世界的本身，代表着时代的模式最纯粹的形态。……不过，同样没有任何证据可以证明这一点。"

"那么说什么可以作证呢？"

"时间，只有时间。时间的过程概括了你和我，将我们未曾觉察到的时代的共性，残酷地引证出来……随之，把我们一股脑儿归纳为：'大正初年的青年们都是这样一种思维方法。他们穿着这样的衣服，操着一口这样的语言。'你很讨厌剑道部那帮家伙吧？你对那些人满怀蔑视的心情吧？"

"唔。"清显渐次感到一股寒气透过裤子袭击而来，浑身感到发冷，他坐在亭子的栏杆旁边，凝视着脱尽积雪的山茶树叶，光艳无比，耀目争辉，"啊，是的，我讨厌那帮家伙，瞧不起他们。"

本多对于清显这种敷衍了事的应付态度已经不感到奇怪了。他接着说下去：

"那么，你想想看，再过十年，人们将会把你同你最鄙视的那帮家伙一样对待，你又将如何呢？那些人粗劣的头脑，用文弱的言辞辱骂他人的褊狭的心胸，欺负低年级学生，对乃木将军疯狂的崇拜，每天打扫明治天皇手植的杨桐树周围，那副感到欣喜异常的神经……所有这些东西，都将和你的感情生活混为一谈，笼而统之地处理。

"而且在这个基础上，人们就会轻而易举地抓住我们如今所处的时代总体的真实。现在，就像一湾被搅动的水，平静下来之后，水面上忽然清晰地泛起一道油彩。是的，我们时代的真实，于僵死之后将被轻易地分离，让每个人都看得一清二楚。而且，百年之后，人们就自然会弄明白，这种真实完全是一种错误的思维，我们也将被当作那个时代持有错误思想的人来统一对待。

"想想看，这种概观究竟基于何种标准呢？是那个时代天才的思维，还是伟大人物的思维？都不是！后来这个时代人为下定义的基准，就是我们和剑道部的那些人一种无意识的共同点，亦即我们所具有的最通俗的一般性信仰。所谓时代，永远被置于一种愚昧的信仰之下而被概括。"

清显不知道本多究竟想说些什么。但听着听着，他的心中也渐渐萌生了一种思想的幼芽。

教室的二层楼窗户里，已经闪现出几个学生的脑袋。其他教室紧闭的窗玻璃上，反射着耀眼的朝阳，同蓝天相辉映。这早晨的校园，清显想起昨天落雪的早晨，两相比较，感到自己眼下已身不由己，由那种官能的黑暗的动摇中，被拖回明丽、雪白而富有理性的校园中来了。

"你是说，这就是历史吗？"一旦讨论起来，比起本多，清显觉得自己说的话十分幼稚，因而感到懊悔，但是他也想同本多共同思考这个问题，"你的意思是说，不论我们想些什么，希望什么或感觉什么，历史都不会按照我们的意愿行动，对吗？"

"是啊，西方人动辄以为，是拿破仑的意志推动着历史，就像你的祖父们的意志，创造了明治维新一样。

"但是，果然是这样吗？历史有过一次是按照人们的意志发展的吗？每逢看到你，我总是这样想。你既不是伟人，又不是天才。然而，这就是你的一大特色。你还完全缺乏意志这个东西。而且，一想到这样的你和历史的关系，我就会产生一种非比寻常的兴趣。"

"你在讽刺我吗？"

"不，不是讽刺，我在考虑安全的无意志的历史参与这个问题。例如，我具有这样的意志……"

"你的确是有的啊。"

"这也权当是具有改变历史的意志，我将花费我的一生，付出我的全部精力和全部财产，努力按照自己的意志扭转历史的进程。同时，获得可以实现这一目的的地位和权力，而且已经掌握在手。尽管如此，历史也不一定按照我所喜欢的样子发展下去。

"一百年、两百年、三百年后，历史也许很快就会采取同我全然没有关系的真正的梦幻、理想和意志的姿态，说不定这正是一百年前、两百年前我所梦想的形式呢，就像我的眼睛，带着一种任其想象的美，微笑着冷然地俯视着我，嘲笑我的意志一般。

"人们或许会说，这就是所谓历史。"

"这不正是机遇吗？到那时，好容易时机成熟了，不是吗？不要说百年，即使三十年或五十年，这种事也往往会发生。此外，当历史采取这种形式的时候，也许你的意志一度死亡，然后那变成潜在的看不见的细丝，援助历史取得如此的成就。假如你一次也没有在这个世界上享受生命，即便等上数万年，历史也不会采取那样的形式。"

清显仿佛处于毫无亲密感的冷酷的抽象语言森林中，感到自己的身子微微发热，他知道这种兴奋都是受到本多的影响。这对于他来讲，永远是一种并非发自内心的欢愉，可是一旦遥望着落在积雪花圃上的枯树长长的阴影，还有那充满明朗的滴水声的银白的领域，他感到哪怕本多直接看出了自己沉浸于昨日温暖幸福的回忆中，也会明显地采取无视的态度。清显对本多雪一般纯洁的裁断甚感高兴。校舍屋顶上铺席大的积雪滑落下来，闪现出湿漉漉的黝黑的屋瓦。

"而且，那时候，"本多继续说下去，"百年后，要是历史采取我所想象的形态，你还会将此称作什么'成就'吗？"

"那肯定是一种成就。"

"谁的成就？"

"你的意志的成就。"

"开什么玩笑！那时候我已经死了。刚才说了，已经和我毫无关系。"

"那么，你不认为那是历史意志的成就吗？"

"历史有意志吗?将历史拟人化总是危险的。照我的想法,同我的所谓意志毫无关系。因此,这种绝非产生于某种意志的结果,也决不可以称作'成就'。其证据是,历史所假设的成就,在下一瞬间早已开始崩溃。

"历史一直在崩溃,又是为了准备下一个徒然的结晶。历史的形成和崩溃,似乎只具有同样的意义。

"我对这件事十分清楚。虽说清楚,但我和你不同,不能不做个有意志的人。说是意志,有时也可能是我被强加在身上的性格的一部分。尽管谁都无法说得准确,然而,人的意志本质上可以说是'企图关联历史的意志'。但我不是说,这就是'关联历史的意志'。意志关联历史,几乎是不可能的,仅仅是'企图关联'。这同时又是一切意志所具有的宿命,虽然很明显,意志并不想承认一切宿命。

"但是,用长远的目光看,所有人的意志都会受到挫折。人类的常规就是不能随心所欲。逢到这种时候,西洋人作何考虑呢?他们认为:'我的意志就是意志,失败是偶然的。'所谓偶然,就是排除一切因果规律,自由意志所能承认的唯一的不合目的性。

"所以说嘛,西洋的意志哲学必须承认'偶然'才能成立。所谓偶然,就是意志的最后避难所,一笔赌注的胜负……没有这个,西洋人就无法说明意志反复的挫折和失败。这种偶然,这笔赌注,我以为就是西洋的神的本质。意志哲学最后的避难所,如果是偶然之神,同时也只能是偶然之神,才能鼓舞人们的意志。

"但是,假如偶然这东西全被否定了,又怎么办呢?任何胜利、任何失败之中,完全没有偶然的用武之地,又怎么办呢?要是这样,一切自由意志的避难所都没有了。偶然不存在的地方,意志就会失掉支撑自己本体的支柱。

"看看这种场面就知道了。

"这里是白昼的广场,意志独自站立。它装出似乎是靠自己一个人的力量而站立,而且自己也产生了这样的错觉。阳光如雨,没有草木,在这巨大的广场里,它所具有的只有它自己。

"此时,万里无云的天空传来隆隆的轰鸣声。

"'偶然死了。偶然这个东西没有了。意志啊,今后你将永远失去自己的辩护者。'

"听到这个声音的同时,意志的本体开始颓废、融化。肉在腐烂、脱落,眼看着露出了骨头,流出透明的浆液。就连那骨头也在变软、溶解。虽然意志极力用两脚在大地上站稳,但这种努力不起任何作用。

"充满白光的天空,响起恐怖的声音,裂开了,必然之神从裂缝里露出脸孔,正是在这种时候……

"——不管怎样,我都一味想象着,看到必然之神的面孔,就只能感到恐怖和可憎。这肯定来自于我意志性格的软弱。然而,如果一次偶然也没有,意志也将变得毫无意义,历史不过是一把隐含着因果规律的大锁上的铁锈,与历史有关的东西,只能起到唯一光辉的、永远不变的美丽粒子似的无意志的作用,人们存在的意义也就在这里。

"你哪里懂得这个,你不会相信那样的哲学。比起自己的美貌、易变的感情、个性和性格,你只朦胧地相信无性格,是不是这样?"

清显一时难以回答,但他并不觉得自己受到了侮辱。他只是无奈地微笑着。

"对我来说,这是个最大的谜。"

本多流露出近乎滑稽的真挚的叹息,这叹息在旭日里化作白色的气息飘荡着,在清显眼里,看上去仿佛汇成一种朋友对自己关心的依稀可见的形态。于是,他心中暗暗泛起强烈的幸福感。

这时,上课的钟声响了,两个青年站起身子。二楼上有人将窗台上的积雪搦成一团,抛向两人的脚边,溅起一片闪光的飞沫。

十四

清显保存着父亲书库的钥匙。

这里位于主楼北侧的一个角落,是松枝家不大为人所注意的一间屋子。父亲侯爵是一个完全不读书的人,但是这里却存放着他从祖父那里继承下来的汉籍,还有他自己出于虚荣心从丸善书店订购和收集的西洋书籍,以及众多的赠书。清显进入高等科时,他似乎要把知识的宝库亲手让给儿子,恋恋不舍地把钥匙交给他了。只有清显可以随时在这里自由出入。这里还保有同父亲不太相称的众多的古典文学丛书和面向孩子的全套书籍。这些书籍出版的时候,出版社为了求得身穿大礼服的父亲的照片和一篇简短的推荐文章,并获准印上"松枝侯爵推荐"等烫金文字,特地赠送了这套丛书的全集。

只可惜,清显也不是这座书库的理想的主人,他不大爱读书,只喜欢沉迷于幻想。饭沼每月一次从清显这里拿去钥匙,将书库打扫一下。对于他来说,这里保存着先辈们爱读的丰富的汉籍,是这座宅第中最为神圣的屋子。他称呼书库为"御书房",不光是嘴里叫着,而且对这里抱有一种敬畏之情。

清显同本多和解的那天晚上,他把即将去上夜校的饭沼叫到房间里来,默默地把钥匙交给他。每月扫除的日子都是固定的,而且都是在白天,在这个不相干的夜晚拿到钥匙,这使饭沼甚感惊讶。那钥匙宛若被揪掉翅膀的一只蜻蜓,黑黝黝地停息在他素朴而厚实的掌心里……

直到很久很久以后,这一瞬间的感觉,依然不断在饭沼的记忆中浮现出来。

这把钥匙像被拔掉了羽翅,竟然如此赤裸裸地以一副残酷的姿态,横卧在自己的手掌里!

他久久忖度着其中的用意,还是百思不解。等到清显作了一番说明之后,他的心胸因愤怒而战栗。这愤怒与其说冲着清显,毋宁说是针对自己听而任之的态度来的。

"昨天早晨，你帮助我逃学，今天该轮到我帮你逃学了。你装着去上夜校，先走出家门，然后转到后面，从书库旁边的栅栏门进来，用这把钥匙打开书库，在里头先等着。但千万别开灯，用钥匙从里边锁上门最安全。

"美祢那里，蓼科会给她打招呼的。蓼科给美祢打电话，暗号是问她：'给聪子小姐的香荷包什么时候能做好啊？'美祢这丫头心灵手巧，大家经常求她做个香袋、香荷包什么的，聪子小姐找她缝个金襕香荷包，这样的催促电话丝毫也看不出有什么不自然。

"美祢接到这个电话，趁着你去上夜校的时间，轻轻敲开书库的房门，前来和你幽会。晚饭后这段时间，人们熙来攘往的，美祢离开三四十分钟，谁也不会觉察得出来。

"蓼科认为，你在外头同美祢幽会，反而更危险，而且难以实现。女佣要外出，必须摆出一大串理由来，这样更会引起别人的怀疑。

"这事就这么定了，没跟你商量，由我一手揽了下来。美祢今晚上已经接到了蓼科的电话，你务必要到书库去。否则，那就太对不起美祢了。"

饭沼听到这里，觉得是被人牵着鼻子走路，颤动的手心里的那把钥匙差点掉落下来了。

……书库里很冷。窗户上只挂着细白布窗帘，里院的路灯微微照射进来，就连书籍的名字也看不清楚。屋内充满了霉味，好像蹲伏于冬日陈腐的沟渠岸边。

然而，哪座书架放着哪些书，饭沼大都是熟悉的。先辈们几乎读烂了的日本版的《四书讲义》，书套大都松散，但是《韩非子》《靖献遗言》和《十八史略》都并排在那里。他在打扫时偶尔翻看的贺阳丰年[1]的《高士吟》还在。他也知道放置铅印和《汉名诗选》的地方。饭沼打扫时，《高士吟》里这样的诗句慰藉着他的心灵：

---

[1] 贺阳丰年（751—815），平安初期官人，学者，文章博士。精通经史，与淡海三船齐名。诗文收入《凌云集》《经国集》等著作中。

一室何堪扫，

九州岂足涉，

寄言燕雀徒，

宁知鸿鹄路。

饭沼心里明白，清显知道他崇拜自己的"御书房"，才特地安排他们到这里幽会……对了，刚才清显亲切地说明这个计划的口气，带有一种明显的冷峻的迷醉。清显希望饭沼能够亲手冒渎这块神圣的场所。细思之，清显打从美少年时代起，就靠这种力量，经常无言地威胁饭沼。这是冒渎的快乐。最好由饭沼亲自冒渎自己最宝贵的东西，这时的快乐犹如在敬神的洁白布帛上，缠上一块生肉一般。这是古代素盏呜尊[1]喜欢冒犯的那种快乐……饭沼一旦屈服，清显的这种力量便会无限增大，但是使他难于理解的是，清显的快乐全部当成美好而清纯的快乐，而饭沼的快乐，越来越被看作是污浊的、带有犯罪的意味。一想到这

---

[1] 素盏呜尊（须佐之男命），日本神话中的凶暴之神，天照大神之弟。

些,他就越发把自己看得更卑贱了。

书库的天花板上响起老鼠跑动的声音,发出一种压抑的嗥叫。上月打扫的时候,天花板上撒了不少鼠药栗子饼,看来没有一点效果……这时,饭沼突然想起一件最不愿意想到的事情,浑身哆嗦起来。

每逢看到美祢的面容,一个挥之不去的污点般的幻影就在眼前掠过。眼下在这里,美祢灼热的身体,从黑暗中向自己逐渐接近,这种思绪必然会郁结在心头。抑或清显也知道这一点,但他嘴里不说。饭沼很早就心里有数,但他也决不主动向清显挑明。在这座宅第里,并非是真正的严峻的秘密,但对于他来说,却是一个难以忍耐的秘密。他的头脑充满苦恼,就像一群肮脏的老鼠跑来跑去……美祢被侯爵玷污了,而且如今有时……他想象着老鼠们血红的眼睛,以及它们沉重的悲惨。

寒冷彻骨,早晨对祖宗的参拜是那样劲头十足,眼下,一股凉气从背后袭来,像膏药一样粘在肌肤之上,使他浑身战栗。美祢一定是若无其事地在瞅准机会,白白地熬时间吧。

等着等着，饭沼心里蓦然涌起迫切的欲望，各种可怖的思绪和严寒，悲惨和霉味，这一切都使他心情激荡不已。他感到，所有的东西，都像沟渠中的垃圾，冲撞着他的外褂，慢悠悠地流下去。"这就是我的快乐！"他想。二十四岁的男人，这样的年龄，不管什么荣誉和多么辉煌的行动，都能够承担得起……

有人轻轻地敲门，他急忙站起来，身子重重地撞在书架上。他用钥匙打开房门，美祢斜着身子滑了进来。饭沼反手将门锁上，抓住美祢的肩膀，硬是把她推到书库里面。

当时不知怎么回事，饭沼的脑子里浮现出一堆污秽的残雪的影子。原来，他刚才从书库后面绕过来时，看到书库外侧的腰板处，扫除时堆在一起的残雪。而且，他打算在接近积雪和墙壁的一个角落里，向美祢求欢。

这种幻想使得饭沼变得残酷起来，一方面深化着对美祢的怜爱之情，一方面又越来越采取残酷的手段。但是，当他觉察自己暗暗怀着对清显的报复心理之后，又无端地伤感起来。没有响动，时间又短，美祢任他恣意摆布。从这种诚恳的屈服之中，饭沼体验到和自己同类人的亲切的体贴和理解之意，越发刺伤了自己的心灵。

然而，美祢的一番柔情并非像饭沼所想象的那样，不管怎么说，美祢到底是个轻佻而开朗的姑娘。饭沼沉默不语的虚空的架势，他那种慌里慌张的坚硬的手指，都只能使美祢感到一种笨拙的诚实，做梦都不会想到受什么怜爱。

被掀开的裙裾下，美祢迅即品味到黑暗中宛如冰冷的刀子一般的严寒。她的眼睛在薄暗中向上瞧着，堆积着一排排褪色的烫金的书脊和卷帙浩繁的书架，从四面八方向她头顶上压来。应该尽快一些，在她所不知道的地方早已做了周到的准备，趁着这个细微时间的间隙，迅速把身子躲藏起来。不管多么令人气闷，美祢都清楚地知道，自己待在这个逼仄的空间最合适，只要老老实实迅速将身体隐匿起来就满足了。她只希望有一座和她那小巧、丰满、紧紧裹着绵密而明丽皮肤的肉体相应的小小坟墓就行了。

要说美祢很喜欢饭沼，那也并非言过其实。有人追求她,她对追求自己的人的优点了如指掌。她也从来不像其他女佣那样瞧不起饭沼,或者随便轻侮他。凭着一颗女人的心,美祢直接感受到了饭沼长年以来百折不挠的男子汉气魄。

赶庙会一般华丽、热闹的场景,突然从眼前一掠而过。黑暗之中,一切幻象连同那乙炔灯强烈的光芒和乙炔的臭味,以及气球、风车和五颜六色的小糖人耀眼的光彩,一起消失了。

……她在黑暗里睁开了眼。

"干吗这样瞪着眼睛?"

饭沼带着不耐烦的语气问道。

一群老鼠又在天花板上跑动起来,声音细碎而急促。群鼠一阵闹腾,仿佛从广大无边的黑暗旷野的一个角落跑向另一个角落。

十五

按照惯例，凡是松枝家的信件都要先经过执事山田统一接收，然后整整齐齐摆在泥金花纹的漆盘里，由山田分头送到收信人手里。聪子知道后特别小心，她决定派蓼科亲自送来，交给饭沼。

正在忙于准备毕业考试的时候，饭沼接待了蓼科，收下聪子写给清显的一封情书。

  每当想起下雪的早晨，第二天即便是晴天丽日，我的胸间也会继续飞降着幸福的雪花。那片片飞雪映照着清少爷您的面影，我为了想您，巴不得住在一年三百六十五天，天天都在下雪的国度里。

  若是平安朝时代，清少爷赠我一首歌，我

也会做一首回答您,然而,令人惊讶的是,幼小时学的和歌,到了这会儿,都不足以表达此时此地的心境了。这难道仅仅是我才识贫乏的缘故吗?

不管我如何任着性儿说话,您听了都会高兴,我也会心满意足,您可千万别这么想啊。要是那样,不就等于说,不管我怎么随心所欲,清少爷都一味感到高兴,不是吗?您若把我看成那般女子,就是我最痛苦的事。

我最高兴的是,清少爷您有一副美好的心灵。您一眼看出我任性的心底里,隐含着一种压抑不住的温情,毫无怨言地带我去赏雪,使得我心中最叫人羞惭的梦想实现了。

清少爷,想起当时的情景,我现在依然又害臊又开心,不由浑身打战。在咱们日本,雪神就是雪姑娘,我记得西洋童话里,雪神是年轻而英俊的男子。清少爷穿着一身严整的制服,威风凛凛,正是使我着迷的雪的精灵,我真想融入清少爷美丽的身影,同白雪化为一体,即使冻死,也是无比幸福的。

这封信不要忘了,阅完后请务必投入火中烧掉。

信的末尾这一行字之前,还有一段情意缠绵的文字,虽然随处都是极为优雅的词句,却表现了火一般的欲情,使得清显惊诧不已。

阅罢这封信,也许会使收信人欣喜若狂,但过一会儿再看看,就觉得像是她编写的一篇优雅的教材。聪子仿佛在教导清显,让他明白真正的优雅是不会害怕任何淫乱的。

有了早晨赏雪这桩事,一旦确定两人相爱的关系,自然每天都想见上一次面,哪怕几分钟也好。

不过,清显的心并不怎么激动,他像随风飘舞的旗幡,只为感情而活着。奇怪的是,这种生存方式容易养成避忌自然规律的习惯。为什么呢?因为自然规律给人一种受到自然强制的感觉,而清显平素的感情,不管做何事他都不愿意受到强制,他力争从中摆脱出来,然而一旦摆脱,这回反而束缚住了自己本能的自由。

清显之所以不急着会见聪子,既不是为了克制自己,更不是因为完全掌握了爱的法则。这只能说是出自他矫揉造作的优雅,一种近似虚荣的未成熟的优雅。他嫉妒聪子优雅中所具有的淫靡的自由,又感到自愧不如。

宛若流水回到熟悉的水渠,他的内心又开始眷爱痛苦了。他极端的任性以及严酷的幻想癖,使得他在这既想见面又不能见面的事情中,深感怏怏不乐,反而怨恨起蓼科和饭沼过分热情的撮合来了。他们的一番操持,反而成为清显纯粹的感情的敌人。他感到这种刻骨铭心的痛苦和充满幻想的恼怒,只能从自己纯洁的感情中抽绎而出,这就大大伤害了他的自尊。苦恋本来就是一匹色彩斑斓的锦缎,然而他的家庭小作坊里,只有一色纯白的丝线。

"他们俩究竟要把我引向何方?这可是我恋爱即将正式开始的时候啊。"

然而,当他将所有感情都归入一个"恋"字之后,他又再次感到满心的郁闷。

假如是个普通的少年,想起那次接吻,会自豪地沉迷其中,可是对于一贯自恃高傲的少年来说,越想越觉得是件伤心的事情。

那一瞬之间，确实闪耀着宝石般辉煌的快乐，只有那一刹那，毫无疑问地深深镶嵌于记忆的底层。周围一片灰白的积雪，在那不知自哪里开始，至哪里终结的飘忽的情念中央，确确实实有一颗明亮而艳红的宝石。

这种快乐的记忆和心灵的伤痛，互相矛盾却存在，弄得他不堪其苦。到头来，他只得龟缩于那种熟悉的黯然神伤的回忆之中。就是说，他把那次接吻也当成是聪子施加给自己的无端的侮辱。

他打算写一封措辞冷淡的回信，他几次撕毁信笺重写，最后自以为完成了一封感情冰冷的情书的杰作，这才放下笔来。这时，他发现自己不知不觉又照着上次写责难信的思路，采用了一种情场老手的文体。这种明显的谎言，深深刺伤了他自己，所以只得重新起笔，平生第一次直接吐露了一个男人受到亲吻之后满心的喜悦之情，变成了一封孩子气的热烈的书简。他闭着眼睛，将信纸装进信封，稍稍伸出馨香而淡红的舌尖，舔了舔封口的薄胶，尝到一种微甜的水药的味道。

十六

松枝府邸固然以红叶闻名，但同时也是赏樱的胜地。直抵大门口一带八百米的林荫路，松树之间交混着众多的樱树，站在洋馆二楼的阳台上放眼眺望，连接着前院的大银杏树的几棵樱树，曾经为清显举行过"待月宴"的草坪上小丘四周的樱树，还有湖水对面红叶山上的一些樱树……所有这些都一览无余。比起站在庭院里观赏各个角落的樱花，还是聚在这里赏樱的人们最见风情。

从春至夏，松枝家有三大典礼：三月偶人节、四月赏樱花和五月的祭祖仪式。先帝驾崩不满一年的这个春天，偶人节和赏樱花，决定只限于自家范围内举行，使得女人们大失所望。往常，从冬天开始就着手为偶人节和赏樱做准备，内庭里不断传出消息，关于赏花的趣向啦,以及请哪些艺人来演出啦什么的,这一切都撩拨着人们的心情,个个盼望着春天快快到来。这项活动一旦废止,就像春天也跟着被废除了一样。

尤其是具有鹿儿岛风格的偶人节,曾经受过邀请的西洋客人,经过他们的口传向国外,这个季节来日本的西洋人,有的托人情,走门路,好容易才得到一份请帖。可见这项活动是多么富有名气。

打扮成天皇和皇后两陛下的一对男女偶人,那用象牙雕的带着早春寒气的面颊,经烛火一照,映着绯红的地毯,看起来更加冷冰冰的。一身峨冠博带的男偶人和穿着高领十二单[1]和服的女偶人,那如银的烛光深深嵌入了纤细的颈项深处。一百多铺席大的客厅铺满了红地毯,木格子天花板上坠着无数颗大绣球,周围贴满了风俗偶人的贴画[2]。一位名叫阿鹤的老婆子每年二月初来到东京,精心制作这种贴画,她动不

---

[1] 又称女房装束或五衣唐衣,是日本公家女子传统服饰中最正式的一种。

[2] 原文作"押绘",用硬纸剪成各种人物、花卉,外面裹以绸布,填入棉花使其凸起,再粘贴于木板或纸板上。

动就说:"悉听尊便。"

虽然偶人节失去应有的光彩,但是代之而来的赏花,尽管不会太张扬,但可以想见一定会比当初的规定要华丽得多了。因为这次有洞院宫非正式光临的缘故。

好讲排场的侯爵,正当为如何避忌世人的非议而大伤脑筋的时候,洞院宫的光临自然使他喜出望外。这位天皇的堂兄既然敢于冒犯"国丧"而出行,侯爵也就可以找到借口,大操大办一番了。洞院宫治久王殿下曾经于前年作为皇室特使,出席喇嘛六世的加冕典礼。他和暹罗王室富有深交,因此,侯爵决定也邀请帕塔纳迪特殿下和库利沙达殿下一道出席。

一九〇〇年,奥林匹克运动会期间,侯爵在巴黎得以结识洞院宫,曾经陪伴殿下夜游巴黎。归国之后,他和洞院宫两人经常谈论的共同话题是:

"松枝,那有香槟酒喷泉的一家真有趣啊!"

赏花定在四月六日,自偶人节过后,松枝家全体人员一早一晚都紧张地忙碌起来了。

春假期间,清显什么事也没做,父母劝他去旅行,他也是一副懒洋洋的样子。尽管没有和聪子频繁地会面，但聪子待在东京，他也不想离开这里一步。

他以一副预感到的恐怖的心情，迎来了姗姗来迟、依然寒气砭肤的春天。他待在家里十分无聊，特地访问了平时不大见面的祖母的居所。他之所以不大前去探望祖母，原因是祖母老是把他当作小孩子看待，并且动辄就想说母亲的坏话。祖母天生一副威严的面孔，男子汉般的肩膀，看起来很健壮。祖父死后，她拒绝世上一切应酬，仿佛活着就是为了等死，一天只吃很少一点东西，没想到身板儿反而越发硬朗起来。

老家一旦有人来，不管有谁在场，祖母总是毫无顾忌地说一口鹿儿岛方言，但是面对清显的母亲或清显，则板起面孔说一口极不自然的东京方言。不过，她在说话时缺乏一种鼻浊音，所以听起来有些生硬。清显每当听祖母讲话，就感到她是有意保留这样的语调，用这个办法不露声色地谴责孙子的轻薄，因为清显能够轻而易举说出带有鼻浊音的东京话，这似乎使她很不满意。

"听说洞院宫也来赏花，是吗？"

祖母坐在被炉里,突然冲着清显问道。

"嗯,听说了。"

"我还是不去为好。你母亲也来请我,可我不想露面,待在这里更自在。"

其后,祖母估量着清显成天游手好闲,劝他练习一种柔和的剑术。祖母抱怨地说,打从拆毁以前的练武场,在那里盖了洋馆之后,松枝家就开始"衰败"了。对于祖母的见解,清显也打心眼里赞成,他很喜欢"衰败"这个词。

"要是你的叔叔们还活着,你父亲也不会这样胡闹。就说邀请洞院宫来家赏花吧,花那么多钱,除了满足他的虚荣心之外还会有什么用呢?一想起还没有享受一天富贵荣华就战死疆场的儿子们,我哪儿还有心思同你父亲等人一块儿游乐。那笔家属抚恤金,我从来不用,一直搁在佛坛上呢。一想到这是儿子们流尽珍贵的鲜血,上头作为补偿赐给的金钱,我就不愿意随便花掉。"

祖母喜欢进行这种道德的说教,然而,她的穿着、吃喝,从零用钱到身边的使唤人,一概仗着侯爵无微不至的关照。清显怀疑,或许祖母羞于自己是乡下人出身,有意回避那种时髦的社交场合吧。

但是,清显每当见到祖母,就能暂时逃离自己以及自己周围一切虚假的环境,亲身接触一下身边这位朴素而刚健的灵魂,心中充满喜悦。这真是一种带有讽刺意味的喜悦啊。

祖母有着骨节粗大的双手、用粗线条一笔画成的面庞以及严紧的唇线,这一切同样显出素朴而刚健的气象来。然而,祖母也并非一味呆板、生硬,她突然在被炉里捅捅孙儿的膝盖,逗趣说:

"你来这里,搅得我周围的女孩子们不得安生,那怎么成?别看在我跟前你还是个淌鼻涕的毛孩子,可在她们眼里就大不一样喽!"

墙壁横木上挂着一张模糊的照片,清显瞧着一身戎装的两位叔叔。他感到那军服和自己没有任何牵涉。虽然是一张八年前才结束的战争的照片,但自己和这照片的距离一派苍茫。他以一副略显不安而又颇为傲慢的心理思忖着:我也许生来只会流淌感情的鲜血,而决不会流淌肉体的鲜血吧。

太阳映照着紧闭的障子门,六铺席的房间暖洋洋的,门上的一层白纸就像一枚半透明的白色大蚕茧,他们待在茧壳里,沐浴着透射进来的阳光。祖母突然打起盹来,清显待在这间明亮的屋子里,寂静中倾听着墙上时钟跑动的声响。迷迷糊糊低着头的祖母,发根里到处撒满了染白发的黑粉,凸露着厚实而光亮的前额,看上去,那里仿佛依旧残留着六十年前少女时代在鹿儿岛被阳光晒黑的痕迹。

他想到海潮,想到时光的推移,也想到自己不久就会老去,胸口突然一阵憋闷。至于老年的智慧,他从未有过什么欲望。怎样才能趁着年轻时候死去,而又不感到痛苦呢?那是优雅的死,就像胡乱丢弃在桌子上的绣花和服,不知不觉之间,就滑落到灰暗的地板上了。

——死的思考,第一次鼓舞了他,促使他急着想尽快同聪子见面,哪怕看她一眼也好。他给蓼科打电话,急急忙忙赶去同聪子相会。聪子确实活得好好的,既年轻,又美丽,自己也同样活得好好的。他感到一种异常的幸运,仿佛稍有迟滞就会立即失掉一样。

在蓼科的安排之下,聪子假装外出散步,来到麻布宅第附近的小神社境内会面。聪子首先感谢赏花的邀请,她一直相信这是出自清显的意思。清显还是那样缺乏坦诚,他本来是初次耳闻,可依然装作很早就知道的样子,稀里糊涂接受了聪子的谢意。

十七

松枝侯爵思忖再三，决定大大削减赏花宾客，将人数控制在宴请洞院宫陪餐者的范围之内，即仅限于暹罗两位王子、家族之间时常往来的新河男爵夫妇、聪子和她的父母绫仓伯爵夫妇。新河财阀的老总一切皆模仿英国人行事，男爵夫人此时又和平冢雷鸟关系亲密，是"新女性"的支持者。他们夫妇的光临定会使赏樱会大放异彩。

　　下午三时，两位殿下到达，在主楼的一座房间稍事休息之后，参观庭园。接着，五点之前，由演出元禄赏花舞的艺妓以游园会形式招待客人。随后，欣赏手舞，日暮时分进入洋馆，献上一杯开胃酒。正餐之后，进入下半轮活动，由这天专门雇佣的放映师放映西洋电影新片。这个方案经侯爵和执事山田一起反复论证之后才决定下来。

要选定放映哪部片子，侯爵也为之大伤脑筋。法国百代[1]拍摄的电影，由法国国家剧院著名女演员卡布列尔·罗蓓娜担纲演出。她技艺高超，肯定是一部好片子，但担心会影响赏花的兴趣。这年三月一日开始，浅草电影院专门上映西洋影片，《失乐园的撒旦》轰动一时，但把那种场合看的片子拿到这里放映，也不尽合适。此外，德国的武打片，皇妃殿下和女宾则不会感兴趣。看来，只有英国霍普沃斯公司根据狄更斯原作拍摄的五六卷的世俗人情故事片比较适合。虽说有些灰暗沉闷，但雅俗共赏，又有英文字幕，估计会受到来宾欢迎的。

如果碰到雨天怎么办呢？光是站在大客厅里眺望樱花，显得太单调了。所以，首先从洋馆楼上观看雨中樱花，接着欣赏艺妓表演的手舞，最后转入酒宴。

准备工作一开始，先在湖边搭建一座舞台，站

1　法国老牌电影公司 Pathé。

在草地中央的小山上可以一眼望见这里。要是那天遇到晴天，洞院宫殿下要去各处巡游赏樱，沿途要用红白二色的布幕围绕起来，那么平时现有的布匹远不够用。还有，洋馆内部各处都要装饰樱花树枝，餐桌也都要仿照春天田园风光精心装扮一番，光是这些就需要不少人手，再加上前一天梳头师傅及弟子们的忙里忙外，事情之繁杂一言难尽。

所幸，当天是个晴天，但还不是光明灿烂，太阳时隐时现，早晨稍觉寒气砭肤。

主楼一间屋子平时空着，临时辟为艺妓们的化妆室，所有的镜台都搬了进来。兴致勃勃的清显跑到这间屋子窥探，立即被女仆头儿赶走了。为了迎接这帮女子的光临，这座十二铺席的房间打扫得干干净净，围上屏风，摆好坐垫，镜台上遮着友禅织锦的挂帘，掀开一角来，镜面寒光闪闪，还没有染上一星儿脂粉的香气。然而，再过半小时，这里就会立即充满莺声燕语，女人们将在这里穿红着绿，精心打扮，就像在自家里一样。清显想到这儿，预感中的妖艳的图景在面前展开，比起院子里用木材新搭起的舞台，这间屋子更是一座弥漫着香风粉雾、妩媚妍丽的厩舍。

暹罗王子们没有一点时间概念,清显本来传过话去,请他们吃过午饭立即就来,可是两位王子一点半才到达这里。王子们穿着学习院的制服,清显看了大吃一惊,首先陪他们到自己的书房去。

"您的那位漂亮的恋人,她会来吗?"

一进屋,库利沙达殿下扯起嗓门用英语大声问道。

温良恭谨的帕塔纳迪特责备这位堂弟说话粗鲁,随即改用日语絮絮叨叨地向清显道歉。清显告诉他们,她的确会来,不过今天当着洞院宫殿下和她的父母,希望不要涉及这方面的话题。王子们听了面面相觑,这才知道清显和聪子的关系还没有公开,似乎感到有些惊讶。

王子们度过一段难熬的思乡期,看来已经习惯于日本的生活了。他们有时穿着制服前来,清显感到两人都是自己亲密无间的同学。库利沙达殿下模仿学习院院长的做派,惟妙惟肖,逗得乔培和清显直乐。

乔培当窗而立,眺望着随处飘动着红白布幕的庭园，那里充满不同寻常的风情。

"今后天气真的要暖和起来了吧。"

乔培的声调里含着期待，王子憧憬着夏季灼热的阳光。

清显被他的声音所引诱，从椅子上站起来，堂弟王子也惊奇地坐不住了。

"就是她，那个不准我们提起的美人儿。"

刹那间，乔培又用英语说道。

那确实是穿着长袖和服的聪子，她正陪同父母沿着湖畔的道路向主楼走来。她身上是华丽的粉色和服，远远望去，依稀可以看到衣裾上绣着春天田野上笔头菜和嫩草的花纹，一头乌亮的秀发，掩映着白皙而明艳的面颊。这时，她用手朝湖心岛方向指了指。

湖心岛上没有红白布幕，但远方一派新绿的红叶山散步道上张满了布幕，隐约可见，湖水中映照着红白二色干馃子般的影像。

清显产生了错觉，他仿佛听到了聪子甜美而清脆的娇音。照理说，门窗紧闭，他是不可能听见外面的声音的。

一个日本少年,两个暹罗少年,屏住呼吸,脸靠着脸站在窗前。清显甚觉奇怪,一旦和王子们待在一起,他们热带般的感情就会波及自身,不知不觉就信以为是自己的热情,也可以赤裸裸表白一番了。

如今,他可以毫不迟疑地表明:我爱她,我疯狂地爱着她!

聪子从湖水方向转过身子,脸孔没有直接看着这边的窗户,只是高高兴兴朝着主楼走来。这时,清显想起幼年捧裾的时候,春日宫妃的侧影没有完全转向后边,自己未能尽情一睹芳颜,六年之后,这种遗憾今天才得到治愈,宛若长久的渴望实现于一瞬之间。

这好比时间结晶体的美丽断面变换了角度,隔了六年又在他眼里散射着无上诱人的绚丽的光彩。他看到聪子站在春阳阴翳的光影中,一副缥缈的輾然而笑的体态,紧接着又迅即抬起洁白的纤腕,弯成弓形,捂住了自己的芳唇。她那婀娜的腰肢,仿佛鸣奏着一曲弦乐。

十八

新河男爵夫妇的确是极端淡漠和狂躁的一对。男爵对于妻子说的话，一概不予置理，夫人则不管别人的反应，嘴里一味滔滔不绝。

不论是在自家还是在外头都是如此。男爵看起来总是一副麻木不仁的样子。他有时批评起别人来，寸铁杀人，语言锋锐，但决不绵延长篇，拖泥带水。然而，夫人就不同了，对于她所要说的人，费尽千言万语，也还是不能描画出一个鲜明的肖像来。

在日本，他们是英国第二部劳斯莱斯轿车的买主，并以此为荣，扬扬自得。男爵在家里用过晚餐，换上丝绸吸烟服，心不在焉地听着夫人漫无边际的唠叨。

夫人将平冢雷鸟一派人邀至其家，每月举行一次集会，根据狭野茅上娘子[1]的名歌命名为"天火会"。没想到每次集会都碰上下雨，于是报界开玩笑称作"雨日会"。夫人对于思想这类事一窍不通，她兴奋地瞅着这帮富于理性的觉醒的妇女，简直就像瞧着一窝母鸡，而这群母鸡又确信自己已经学会如何产下全新型鸡蛋，例如三角形鸡蛋的本领。

这对夫妇应松枝伯爵邀请出席赏樱活动，半是迷惘，半是高兴。迷惘的是，这种赏樱会在未去之前明明就知道很无聊；高兴的是，他们可以借此进行真正西洋式的无言的示威。况且，这种豪商之家，一直和萨长政府[2]保持良好的关系，从父辈起，那种对于乡间出身者暗暗的轻侮，就构成了他们新型的不屈的优雅的核心。

"松枝先生家里，又要招待皇家的人了，估计还会鼓乐相迎一番吧。他们家族总是把邀请皇室当作演戏一般对待。"

---

1 奈良时代著名女歌人，生卒年不详。
2 江户时代末萨摩（鹿儿岛）和长州（山口）两地藩阀组成的联合政府。

男爵说道。

"咱们总是不得不隐瞒新思想。"夫人应和道,"不过,隐瞒新思想,又装作若无其事的样子,不是显得很仗义吗?悄悄混进守旧的人群中,不也是颇有意思的事吗?松枝侯爵对洞院宫殿下毕恭毕敬,有时又莫名其妙地摆出一副朋友的架势,倒是一场好看的戏哩!我到底该穿哪套西服呢?大白天总不能叫我穿夜礼服去吧?倒不如索性穿那件衣裾上有花纹的和服更合时宜。那么就告知京都的北出,叫他们赶制一件衣裾上印染着'夜间篝火照樱花'的和服吧。可是我这个人,不知怎的,总觉得衣裾有花纹的不适合自己。这究竟是自己以为不合适其实最合适,还是别人看起来也不合适呢?这种事我总是闹不明白,你的想法到底如何呢?"

——当天,侯爵家传过话来,请新河男爵夫妇务必于皇族到达之前光临,因此他们故意按约定迟到五六分钟,不用说还是距离皇族到达预留了充足的时间。故而,对于这种乡巴佬的做法,男爵感到非常气愤。

"莫非洞院宫马车的马半路上得中风症了吧?"

他一来到就急忙讽刺地说,但是男爵不管说什么样的风凉话,总是按英国方式,只是无表情地在口中嘀咕,谁也听不到他说些什么。

这时,传来一声报告:皇家的马车已经进入侯爵家的大门,东道主们排列于主楼门口,准备夹道欢迎。马车掩映于小型花园的松树荫里,马蹄踢着道路上的小石子驶了进来。这时,清显看到马打着响鼻,昂起脖颈,竖立着灰白的鬃毛,宛若一股即将粉碎的狂涛卷起白色的浪花。稍稍溅上些春泥的马车,车帮上金色的菊花徽章,静静地闪动着一轮金色的旋涡。

洞院宫头戴玄色圆顶礼帽,留着漂亮的灰白髭须。妃殿下跟在他身后,踏上预先铺在地面上不用脱鞋可以径直进入室内的白布,登上了主宾席。在这之前,他和大家轻轻施了礼,但正式的寒暄要等到达客厅之后进行。

清显看到打眼前走过的妃殿下一双黑色的鞋尖,在雪白的薄纱裙裳下交替出现,犹如余波荡漾的水沫之间时隐时现的马尾藻的小黑果。因为姿态过于优雅,他不敢抬头瞥一眼这位老妇人的尊容。

侯爵在大厅里向殿下介绍今日的各位宾客，其中只有聪子一人是初次见面。

"这么漂亮的女儿，竟然一直瞒着我呀。"

殿下向绫仓伯爵诉苦，站在一旁的清显刹那间脊背似乎掠过一种轻轻的战栗，他感到，在周围人的眼里，聪子就像一个华丽的彩球，被一脚踢到天上去了。

两位暹罗王子一来到日本，就受到同暹罗有着亲密交情的洞院宫的款待，所以立即谈得很热络。洞院宫问他们学习院的同学是否亲切，乔培微笑着，彬彬有礼地回答：

"大家都像十年前的旧知，无微不至地照顾我们，所以一点也不觉得生分。"

除了清显，他们并没有什么像样的朋友，两个人至今很少去上学。清显对这些一清二楚，所以听到这话觉得很滑稽。

新河男爵一颗银子般锃亮的心，临出门前又特地打磨一番，但一到众人之间，就立即黯然无光了。他一听到这样的应酬话，心也锈蚀得越来越厉害了……

接着，在侯爵的陪同之下，客人们随着洞院宫到庭院里观赏樱花。日本人的习惯，不大容易同客人打成一片，他们只是妻子跟在丈夫后头。男爵已经明显地又陷入神情恍惚的状态，他看着前后离得很远的人们，对妻子说：

"侯爵自打到外国留学以来，学会了时髦，不再妻妾同居了。他把小老婆撵到门外出租的房子里，离正门有八百米远。岂不是只有八百米的时髦吗？正好合乎那句'五十步笑百步'的谚语哩！"

"要实行新思想，就必须做得更加彻底。不管世上说些什么，我们家就按照欧洲习惯，一旦有约会，哪怕夜间临时外出，也一定做到夫妇同行。您瞧，对面山上两三棵樱花树和红白布幕一同映在湖水里啦，多好看呀！哎，我的印花和服怎么样？在今天的客人里，称得上一等。而且，衣服的图案又新潮，又大胆，要是站在湖对岸，瞧看我那映入水中的身影，指不定有多漂亮呢。我站在这边岸上，但又不能同时站在对面岸上,这是多么不自由啊!喂,你是不是也这么想啊?"

新河男爵承受着这种一夫一妻制卓有成效的洗练的考验(也是他心甘情愿),宛若先于别人乐于做一个百年前思想的受难者。男爵生来不向人生寻求激情,不管怎样难耐的辛苦,只要不必强求激情的介入,他就可以当作一种时髦,颇为大度地对付过去。

山丘上的游园会场里,由柳桥的艺妓扮演的风流武士、女侠、奴仆、盲艺人、木匠、卖花女、卖版画者、青年、城中女郎、乡下姑娘以及俳谐师等,声势浩大地迎接着宾客。洞院宫对站在一旁的松枝侯爵露出满意的微笑,两位暹罗王子高兴地拍打着清显的肩膀。

清显的父亲和母亲分别集中陪伴着洞院宫殿下和妃殿下,因此,清显就只好同两位王子待在一起了。艺妓们围着清显团团转,清显为了尽量照顾好两位语言不通的王子,费尽了心机,哪里还有顾及聪子的闲空儿。

"少爷,您就陪我们玩一会儿吧,今天可来了不少单相思的女孩子啊,您怎么能放着她们不管呢?不是太绝情了吗?"

扮演俳谐师的老妓说道。年轻的艺妓,还有那女扮男装的艺妓,眼角搽着胭脂,微笑的表情似乎恍惚于醉态之中。临近夕暮,本来清显渐渐感到周身肌肤寒冷,可是此时,他身边拥红倚翠,仿佛圈在密不透风的六曲二双的绢丝彩屏之中。

这群女子欢声笑语,快乐非常,她们的肌肤仿佛沉浸于冷热适度的温汤之中了吧?她们说话时手指的动作,白嫩的喉结似乎镶嵌着小小的金色合叶,到了一定时候停下来,优雅地颔首。她们巧妙地避过人们的插科打诨,一瞬间眼角虽然刻印着娇嗔,但脸上仍是不绝微笑的表情,忽而又一本正经谛听客人的谈话,那副十分投入的姿态,微微抬手捋着头发时刹那间难以排遣的惆怅……清显注视着她们的各种娇姿媚态,不由将艺妓们频繁的眼波和聪子那种独特的眼波细加比较,力求找出不同点来。

这些女人秋波流慧,顾盼欢然,但她们的眼神是独立的,就像嗡嗡嘤嘤的羽虫可厌地飞旋、萦绕,而这些决然不含蕴于聪子所具有的优雅的眼波之中。

他远远望见正在同洞院宫说话的聪子,她的侧影映着迷离的夕阳,宛如遥远的水晶、遥远的琴音、遥远的山间襞褶,充溢着距离所酿造的幽玄,而且,在以暮色渐浓的树林间的天空衬托下,好似黄昏里的富士山一样轮廓鲜明。

——新河男爵和绫仓伯爵三言两语地交谈着,两人身边虽然都有艺妓伺候,但都装出全然不朝艺妓瞥一眼的神态来。落英缤纷的草地上,一片污秽的花瓣粘在绫仓伯爵闪耀着夕空余晖的黑漆皮鞋尖上,伯爵的皮鞋尺寸虽然像女人的一样窄小,但这一情景还是被男爵看在眼里了。其实,伯爵那只握着酒杯的手犹如布娃娃一般,白嫩、细巧。

男爵对于这种衰亡的血液感到嫉妒,不管伯爵一副迷惘的神态中含有多么自然的微笑,他都觉得和自己英国式的迷惘神态之间,自己同别人无法进行的会话,同伯爵倒是可以找到共同的语言。

"说起动物,似乎啮齿目更可爱。"

伯爵冷不丁地说。

"啮齿目嘛……"

男爵随口应着,心中没有浮起任何概念。

"兔子、豚鼠、松鼠之类。"

"您家养这些动物吗?"

"不,没有养,家里会有腥臭气的。"

"尽管可爱,并不喂养,是吗?"

"要紧的是,不能写人和歌,凡是不能进入和歌题材的,都不能放在家里,这是我家的规矩。"

"是吗?"

"虽然不喂养,但这些小生命毛茸茸的,胆小怕人,看起来很惹人怜爱。"

"说得也是。"

"不知为什么,大凡可爱的动物,似乎都有强烈的臭味。"

"这话有道理。"

"听说新河先生在伦敦待了很长时间……"

"在伦敦,吃茶时每人都要问一遍,是先上牛奶还是先上红茶?混在一起还不是一个样子?不过,先上牛奶还是先上红茶,对于每个人来说,这个问题比国家政治还要重大……"

"这倒是很有意思。"

艺妓们没有插嘴的机会,两人虽然都是来赏花的,但看起来,头脑里根本没有想到过花。

侯爵夫人和妃殿下交谈着,妃殿下喜欢长歌[1],也会弹三味线,所以柳桥艺妓中一位色艺双全的老妓在一旁陪着说话。侯爵夫人谈起有一次在亲戚家的订婚宴上,用钢琴、三味线和古琴一同演奏《松之绿》,大家很是高兴。妃殿下兴致勃勃地说,自己当时要是在场该多好啊。

侯爵一直开怀大笑,洞院宫笑的时候总是护持着精心打理过的漂亮的髭须,所以他没有那样高声大笑。扮演盲艺人的老妓附在侯爵耳边说了些什么,于是侯爵对客人吆喝道:

"好吧,现在开始跳赏花舞,请各位到舞台前边去……"

这个角色本来应由执事山田担当,突然被主人

---

1 江户时代,上方(大阪、京都)地区流行的用三味线伴奏的长篇歌曲。

夺取自己职务的山田，眼镜后头闪着黯淡的目光。没有任何人觉察，这是他遇到不测强行忍耐时的唯一表情。

既然主人的东西一概不许他插手，那么，对于自己的一切，主人也不应该插手。去年秋天，发生过这样的事：外国房客家的几个孩子在院子里拾橡子玩，这时，山田的孩子们也来了，于是外国孩子想分一部分给他们，山田的孩子坚决不接受。因为父亲严格训诫他们，主人家的东西不许沾手。外国房客误解了山田的意图，还特地跑到山田家里提出抗议，但山田看到自己家的孩子个个紧绷着脸，一副严肃的表情，奇怪地恭恭敬敬紧闭嘴唇，他弄清真相之后，大大表扬了他们……

——山田一瞬间想起这件往事，于是迈开不太听话的双腿，踢动着衣裾，悲哀地猛然跃进客人中间，急急忙忙将客人带到舞台那里去。

这时，湖畔的舞台那里，围着红白布幕的后台传来了两只梆子交替的响声，仿佛穿过空气，卷起的新木屑漫天飞舞。

十九

清显和聪子获得两人单独在一起的机会,是在赏花舞结束、客人们随着降临的薄暮一起进入洋馆之后一段极为短暂的时间里。欣赏过演出的宾客和艺妓们又杂然一处,醉意蒙眬,而且趁着尚未掌灯,微妙地喧嚷着,这是个欢乐之中又感到有些不安的时刻。

清显从远处递了个眼色,知道聪子立即跟在自己身后,保持着相应的距离,随他而来。山丘小路上分别通向湖水和大门的岔路口附近,红白布幕相连之处,正巧有一棵高大的樱树,挡住了人们的视线。

清显先躲在布幕外头,两人眼看就要靠近了,这时,周游红叶山回来后由湖畔登上来的妃殿下的随侍女官们,围住了聪子。清显不能马上出面,只得独自待在树下,等着聪子逃脱的机会。

清显孤单一人时，这才抬头仔细仰望着这棵樱花树。

花朵缀满黝黑而简素的枝头，宛若粘在岩礁上密密麻麻的白色贝壳。夕风鼓荡着布幕，首先刮到下面的树枝上，颤巍巍的花朵窃窃私语般摇摆不停，紧接着，那些四处伸展着的长长枝条，连带着一簇簇花朵，也大幅度地晃动起来。

花色粉白，只有一串串蓓蕾染着微红。但是，向白色的花瓣里仔细一瞧，花蕊部分的五角星是茶红色的，看起来就像纽扣中心用红丝线绾成的一个个坚固的线结。

云层，蓝色的天空，交互变幻，一样的微薄。花朵与花朵交混萦绕，分割着天空，轮廓模糊，同夕空的天色浑然一体。看起来，那一树树黑魃魃的枝干，越发变得浓烈起来。

每一秒，每一分，都使得这样的夕空和樱花不断加深亲近之感。看着看着，清显心里充满不安。

布幕再次像是包孕着风，其实是聪子的身子滑着布幕走向这里。清显拉住聪子的手，那是在夕风里冻得冰凉的手。

他想同她接吻,聪子顾忌着周围,拒绝了。这时,聪子害怕自己的和服被树干沾满粉末的绿苔弄脏了,游移之间,被清显一把抱在怀里。

"这样,我太难过了,清少爷,快放手呀。"

聪子低声说,听她的语气,很怕被周围的人看见,清显暗暗抱怨没有得到她的积极回应。清显他们如今待在樱花树下,一心想获得一种站立于幸福的峰顶的保证,尽管事实上飘忽的夕风加深了他内心的焦躁,但他确实想检验一下,他和聪子须臾之间是否处在至高无上的幸福之中。聪子哪怕表现出一点不很情愿,他的愿望就无法实现。他就像一位嫉妒心很深的丈夫,只因妻子没能和自己做相同的梦而怅恨不已。

聪子半推半就,依偎在清显的怀抱里,闭着双眼,看起来美艳无比。一副微妙的线条描画成的面庞,既端丽庄重,又缠绵多情。她樱唇微启,是唏嘘?是微笑?借着黄昏的微明,他焦急地想看个明白,然而眼下,暮色已经罩上她的鼻翼四周。清显瞧着聪子被头发遮盖一半的耳朵,耳垂上透着微红,耳轮形状精致，宛若一个梦幻之中深藏着极其小巧的佛像的神龛。这对耳轮的内部早已储满苍茫的暮色，耳朵深处似乎蕴含着一种神秘。那里头是聪子的心吗？抑或她的心，藏在她那微微翕动的芳唇内，莹润光洁的皓齿深处呢？

清显一心巴望深入到达聪子的内部，他为此大伤脑筋。聪子为了避免自己的面孔被清显继续瞧看，遂将自己的脸迅疾凑近清显的脸吻了吻。清显搂着聪子那只臂膀感受到了她腰际一带的温热，仿佛置身于花瓣腐烂的温室内，心想，要是能将鼻子伸进花丛狂嗅一番，哪怕窒息而死，那也是幸运的。聪子一言不发，清显仔细凝视着，自己的幻想只差一步，就要到达完美无缺的程度了。

聪子离开清显的嘴唇，她硕大的发髻一直埋在清显的制服里，他在她的发油凄迷的香气里，望着布幕对面遥远的樱林笼罩上一片银白，仿佛这发油的香气和那黄昏中樱花的香味是同一种东西。面对这夕暮中的微明，那花团锦簇、如蓬松的羊毛般密集的远方的樱林，在那近乎银灰色的灰白雾气下面，深深藏匿着暗弱的不祥的红色，宛如死者脸上化妆的胭脂。

清显突然感觉到聪子面颊上被泪水濡湿了。他的不幸的爱探究的一颗心，即刻使他猜度这到底是幸福的眼泪还是不幸的眼泪？聪子从他胸间抬起头来，眼泪也不揩拭一下，她一反寻常，用锐利的目光看着他，毫不留情地滔滔不绝地说道：

"您还是个孩子，还是个孩子啊！清少爷，您什么也不懂，什么也不懂！我要是毫不客气地教教您就好了。您虽然那般看重您自己，可清少爷到底还像个婴儿哩。真的，我要是用心教教您，那就好了。不过，现在太晚了……"

聪子说完，扭转身子逃向布幕那一边，被撇下的年轻人心灵受到伤害，一个人呆然自失。

出了什么事了？聪子在这里一本正经罗列着这些最能伤害他的言语，犹如瞄准他的弱点射来的箭镞。这些都是她搜集来的对他最富毒性、可以说最具有杀伤力的语言的精华。清显应该感觉到这种不同寻常的尖刀一般的言辞是如何提炼出来的，他也应该想想，她是如何挖空心思找到这些纯粹充满着恶意的话语的呢?

　　他的胸口在急剧地跳动,双手一个劲儿战栗着。他满含热泪,既感到委屈又极其愤怒。清显木然而立,他无法挣脱出这种感情再考虑其他问题了。此时,如果再让他在宾客面前抛头露面,泰然自若地参加游园会,直到夜阑全部活动结束,那真是比登天还难。

二十

宴会顺利地结束了,没有发生什么明显的疏漏。不用说一向不拘小节的侯爵十分满意,就是客人们也同样感到满意。在他看来,侯爵夫人最为光辉耀眼的价值,就在这一瞬之间。这从下面的问答中可以看得出来。

"两位陛下自始至终都很高兴啊,你说,他们回去会不会很满意?"

"这还用说吗?今天是个快乐的日子,自从天子驾崩,还从来没有过呢。"

"这么说虽然有点不太合适,但确实是如此。不过时间太长了,从下午到深夜,他们一定都很疲劳吧?"

"没有的事,计划订得都很周到,井井有条,一个接一个，随时都有令人高兴的东西。大家哪里还有闲工夫感到疲劳啊。"

"放电影时，有没有人打瞌睡呀？"

"没有，大伙儿都睁大眼睛热心地观看呢。"

"聪子真是个心眼善良的姑娘，电影虽然很感动人，可是只有她一个人流眼泪。"

看电影的时候，聪子情不自禁地哭起来，灯亮之后，侯爵才发现她满脸泪水。

清显疲惫不堪地回到自己房间，他睁着两眼，毫无睡意。他打开窗户，仿佛看到黑暗的湖面一群鳖鱼露出青黑色的头向这边张望……

他实在待不下去了，摇铃叫饭沼来。晚上，饭沼肯定在家。

饭沼走进清显的房间，他一眼看到这位"少爷"一副怒不可遏的样子。

近来，饭沼逐渐学会了从人的脸色上观察内心变化。这本来完全超出他的能力，但是，平时所接触的清显的表情，如今看起来就像万花筒一样，那些细小的玻璃碎片所组合的五颜六色的图像历历如绘。

其结果，饭沼的心态和兴趣也产生了变化。以前，他看到年轻主子因烦恼和忧郁而变得憔悴的脸色，曾经抱怨他不该显露出一副萎靡和懦弱的灵魂，可现在呢，他只把主子那种神态当作是别具风情。

的确，清显一副忧郁的俊美的面貌，不适宜表达幸福和喜悦，悲伤和愤怒反而能表现出他高雅的气度。而且，清显愤怒而烦躁的时候，其中必然表现出一种或浓或淡、捉摸不定的矫情来。他那本来白皙的面庞愈益苍白，清炯的眼睛布满血丝，剑眉歪斜，一副失去重心、飘摇不定的灵魂，展露出希求获得援手的渴望，仿佛荡漾于荒野的歌声，飘散着一种荒芜的甘美。

清显一直沉默不语。此刻，饭沼不再等他吩咐就坐在椅子上了。他抄起清显放在桌面上的今晚宴会的菜单读着。饭沼很明白，他在松枝家待了几十年，绝不可能有机会尝到这些美味佳肴。

　　大正二年四月六日赏樱会晚餐菜谱
　　一、汤羹——清蒸甲鱼羹

二、汤羹——鸡肉水晶羹

三、鱼肉——奶油醉鳟鱼

四、兽肉——牛里脊烩洋蘑

五、禽肉——鹌鹑烩洋蘑

六、兽肉——羊里脊炒西洋芹

七、禽肉——酱鹅肝冷盘（菠萝冰酒）

八、禽肉——泰式鸡烩洋蘑（纸盒包装）

九、蔬菜——奶油芦笋 奶油四季豆

十、点心——奶糕

十一、点心——双色冰激凌

饭沼一直盯着菜谱看个没完，清显始终瞅着他，轻蔑的目光里又满含哀怨，心中很不踏实。清显等着饭沼开口，对他一味麻木不觉的谦恭十分生气。如果这时他能像兄长一般将手搭在清显的肩膀上问候一番，那清显是多么容易开口啊！

清显没有发觉此时坐在他面前的人已经不是从前的饭沼了。过去只知道一味笨拙地压抑着激情的人，如今不会再满怀温情对待清显，用自己不习惯的双手去触摸本来毫不熟悉的细腻的感情世界。

"你知道我现在是什么心情吗？"清显终于开口了，"我受到聪子小姐好一顿侮辱，听她那副口气简直不把我当人看待，说什么我以往的行动像个蠢笨的孩子。是的，她是这么说的。最令我失望的是，她挑来拣去专门拿那些我所讨厌的话题奚落我，她的这副态度太使我失望了。那个下雪的早晨，我对她百依百顺，其实我只是成了她的一个玩具罢了……你在这些方面没有发觉什么吗？比如说从蓼科那里听到些传言什么的……"

饭沼思索了好半天，然后说道：

"哎呀，没听到什么呀。"

他长时间的思考显得很不自然，触及着清显敏锐的神经，搅得他心烦意乱。

"撒谎！你肯定知道些什么。"

"没有，我什么也不知道。"

就在这一对一的问答中，饭沼说出了过去不打算说的事情。饭沼虽然能看透别人的心思，但自己的神经反应迟钝，他不知道自己刀斧般的言语会在清显心中造成多大的伤害。

"美祢告诉我一件事,不过她只是对我说,叫我保密,绝不可传给别人。这件事关系少爷,也许应该跟您说说才对。

"过年的团圆会上,绫仓家的小姐不是也来出席了吗?每年这一天,侯爵老爷都和亲戚家的孩子们亲切交流,无所不谈。当时,侯爵开玩笑地对小姐说:

"'有什么话要跟我说吗?'

"于是,小姐也半开玩笑地说:

"'有啊,我有件很重要的事情想问问,叔叔的教育方针是什么呢?'

"我可要郑重提醒您,这都是侯爵的枕头话(饭沼满怀难言的愤恨一吐而快)。这事是侯爵在枕头边笑着告诉美祢的,美祢又原封不动地对我说了。

"侯爵饶有兴趣地说道:

"'什么教育方针啊?'

"小姐有些难为情,她只得全部说出了一件令她难以启齿的事:

"'我听清少爷说,做父亲的为了进行实地教育,把清少爷带到花柳街去，教会他如何玩乐，所以，他成了一位玩女人的老手，感到耀武扬威。叔叔您真的对他实施过这种不道德的实地教育吗？'

"侯爵听罢仰天大笑。

"'你这个问题好厉害呀！就像贵族院咨询答辩会上矫风会[1]的提问。假如真像清显所说，那我必须讲明我的一番道理，其实，这种教育关键是被他本人一口拒绝了。那个不肖的儿子根本不像我，他既晚熟，又洁癖，不管我如何诱惑他，一句话就顶撞回来，气冲冲地跑掉了。这么一个人，还居然对你摆阔，自吹自擂，撒谎骗人，真是可笑。不过，尽管情投意合，也不该向贵妇人谈论逛窑子的事啊，我可没有对他施行过这种教育。这么说，我要尽快把他召来训斥一番，这样或许能让他抖擞起精神，学会那套眠花卧柳的本领。'

"接着，小姐费尽千言万语才制止住侯爵老爷的轻率举动，侯爵保证对这事只当作秋风过耳，决不再

---

[1] 矫风会，基督教妇人矫风会的简称。1886 年，矢岛楫子等人发起组织日本基督教妇人矫风会，提倡禁酒、废娼、和平。

向任何人提起，但他还是悄悄对美祢讲述了一遍，当时虽说是说说笑笑，心情愉快，但侯爵还是要美祢绝对不可泄露出去。

"美祢到底也是个女人，她当然不会就那么默不作声，他跟我说过之后，我就严肃警告她：'这事关系到少爷的名誉，一旦传到外头去，我就同你绝交。'美祢没想到我的态度如此严厉，她在我的威压之下，是不大可能再对别人说起的。"

听着听着，清显的脸色越发苍白起来，自己一直处在一片浓雾之中，到处碰壁，如今云开雾散，眼前出现一排洁白、玲珑的圆柱，原来一切模糊的事项，现在都露出了清晰的轮廓。

首先，对于清显的那封信，聪子尽管矢口否认，她还是看过了。

当然，这种事肯定会给她带来一些不安，但在亲戚们的贺年会上，经侯爵证明是谎言之后，她就会得意忘形，一心陶醉于"幸福的新年"之中。因此，那天在马厩前，聪子突然热情地对他畅叙情怀，其缘由就在这里。

正因为如此，聪子才彻底放下心来，大胆地邀请他一同赏雪！

今天，聪子的眼泪，毫无道理的指责，虽然有些不明不白，但是眼下明摆着的是，聪子一贯撒谎，心里始终暗暗瞧不起清显，不论做何种辩解，她总是凭着人的一种恶劣趣味接触清显，这个事实是谁也无法否认的。

"聪子一面责备我还是个孩子，一面又把我永远关在孩子的圈子里，这是无可置疑的。她是多么狡猾啊！她有时像小鸟依人，风情万种，但心中始终不忘对我的侮辱和蔑视，看起来对我很是倾心，但实际上是在玩弄我的感情。"

清显怒不可遏，他忘记了，这件事情的起因全在他那封荒唐的信笺上，一切都来自当初他那一纸谎言！

清显把一切都归罪于聪子的背信弃义，是她伤害了身处青少年艰难转折期的一个男儿最重要的自尊。在成人眼里一些无关紧要的事（父亲侯爵只当作笑话，就是最好的证明），但正是这些琐末细事，最能无孔不入地刺伤某个时期男人的矜持心理。不论聪子是否意识到这一点,其实她是用一种极端无情的手段蹂躏了他的尊严。清显羞愧难当,他简直像害了一场大病。

饭沼怜悯地瞧着清显一副苍白的面容和长久的沉默,尚未觉察自己给予他多么大的伤害。

饭沼对于这位长年持续伤害自己的美少年,虽然毫无复仇的意识,但他却在不知不觉之中给了清显一次沉重的打击。尽管如此,面对这位低头不语的少年,饭沼从来没有像现在这样,瞬间里对他泛起怜爱之情。

饭沼满怀同情和关爱,他打算把清显扶起来,抱他躺在床上,他要是哭,自己也会跟着一起流泪的。可是,清显不久抬起头,他那干枯的面容上不见一丝泪水,一副冷峻的眼光立即打消了饭沼的幻想。

"我知道了,你走吧,我要睡觉了。"

清显自己从椅子上站起来,将饭沼推向门口。

二十一

从第二天起，不管蓼科打来多少次电话，清显就是不接。

蓼科叫来饭沼，拜托他说，小姐有要紧的事直接找少爷，请他务必传过话去，饭沼固守着清显的严格禁令，根本不予置理。打了几次，聪子亲自出来委托饭沼，饭沼依然坚决回绝。

电话连续响了几天，这件事甚至引起用人们的议论，清显一个劲儿不接，弄得蓼科最后找上门来。

饭沼在晦暗的二道门内迎接蓼科，他穿着一件丝织的宽腿裤子，端然坐在板台[1]中央，摆出一副坚决不放她进入内宅的架势。

---

[1] 原文作"式台"，门内用木板搭成的高台，在这里迎送客人。

"少爷不在家,你见不到他。"

"他不会不在家,你要是不肯放我,那就请山田来吧。"

"山田来也一样,少爷决不会见你。"

"那好,就让我进去,非见到他不可。"

"门都锁着呢,谁也进不去。你要是硬闯,那是你的自由。不过,我想你是偷偷到这里来的,要是山田知道了,闹得家里不得安宁,万一传到侯爵老爷的耳眼儿里,你担待得起吗?"

蓼科不吱声了,黑暗中狠狠地盯着饭沼那张满是粉刺、凹凸不平的脸孔。在饭沼眼里,蓼科背向春光明媚的小花园五叶松闪光的树叶,那副用厚厚的白粉填满皱纹的老脸看起来就像绉绸画上的人物像。她一双厚重的双眼皮的眼睛里闪现着凶险而愤怒的光芒。

"好吧,就算是少爷的命令,瞧你那副激烈的口气,看来你是早有预谋的吧。过去,我帮过你不少忙,不过这回就只能到此为止了。少爷那里,你就替我问个好吧。"

——四五天之后，聪子送来一封很厚的信。

往常，蓼科总是避开山田，直接交到饭沼手里，这回不同了，这封本该转到清显手里的信，放在一只绘着泥金花纹的漆盘里，由山田郑重其事地捧在手中送进来了。

清显特地把饭沼喊到屋里来，给他看这封尚未拆开的信，然后叫他打开窗户，当着饭沼的面，把信丢进火钵里烧了。

清显细白的手指躲避着火焰，提起那叠厚厚的信纸，让即将被压灭的火焰重新燃旺。饭沼看在眼里，觉得那只手就像小动物在桐木火桶里随处乱跑，在他眼前正在实行着一桩精巧的犯罪。自己要是帮忙，事情也许会进展得更顺利，但是他又害怕遭到拒绝，所以作罢了。本来，清显叫他来只是让他做个证人。

清显的眼睛躲不开烟熏，不由掉下一滴泪来。饭沼过去曾经巴望过对他进行严酷的训育，以便使他流下理解的眼泪。可如今在饭沼眼前，清显被火烤得灼热的面颊上美丽的泪珠，并非来自饭沼的力量。不论何时何地，饭沼在清显面前，总是感到无能为力。

一周之后，一天，父亲侯爵回来得很早，清显陪父母在主楼的和式房间里共进晚餐，他好久没有同父母一起吃饭了。

"时间过得很快，你明年就要被赐予从五位爵位，到时候就让家里人称你'五位少爷'吧。"

侯爵兴致勃勃地说，清显却暗自诅咒明年自己就是成年人了。自己才十九岁，年纪轻轻就对人生的成长感到倦怠，他怀疑这副心境是否受到聪子无形影响的毒害呢？孩童时代掰着指头等着及早过年，心里焦急不安，巴望快些长大成人，然而这种念头却从清显身上一去不复返了。他只是态度冷淡地听着父亲的谈话。

一家三口在一起吃饭时照例规规矩矩，生着一副悲戚的八字眉的母亲有条不紊地照顾着丈夫和儿子，满面红光的侯爵则故意表现出超乎寻常的愉快心情，一直发挥着自己决定性的作用。父母不动声色地暗暗交换了一下眼色，两人互相轻轻地一睃，还是被清显看见了，他感到很惊讶，因为没有比这对夫妇间的默契更令人狐疑了。清显首先看看母亲的脸色，母亲有点慌乱,说起话来也有些不自然。

"……你听着,有件事不大好开口,其实也没有什么了不起的,只是想听听你的意见。"

"什么事?"

"又有人给聪子姑娘说婆家了,这门亲事相当艰难,再拖下去,就不好回绝人家了。如今,聪子虽然还是有些犹豫不决,但不像过去那样一概不理不睬了。所以,她的父母亲也积极起来……因此,也想问问你,你和聪子从小在一起,青梅竹马,对于她的婚事,有没有什么不同的意见呢?你心里怎么想就怎么说,有不同的看法,就直接当着父亲的面提出来。"

清显照例埋头吃饭,他毫无表情地说道:

"我没有什么不同的意见,这事和我有什么关系?"

片刻的沉默之后,侯爵依然保持一副纹丝不乱的愉快心情,说道:

"其实,事情还能挽回,如果,我是说如果,这事牵扯到你的心情,不妨就说说看。"

"和我没有任何牵扯。"

"我只是这么设想,才这么说的,如果没有,那也好嘛。我们家同他们家是多年的世交,眼下这件事,我们该做的做好,该帮的帮好,要尽力而为。看来还是要花一笔钱的……这事先这么说着,下个月是祭祖的日子,要是婚事有进展,聪子就会忙起来,今年就不要再邀请她了。"

"其实,一开始就不该请聪子来参加什么祭祖活动。"

"这倒是稀奇的事,没想到你同她成了死对头。"

侯爵大笑起来,随着笑声暂时结束了这个话题。

对于父母来说,清显就像一个难解的谜,儿子和父母的感情格格不入,他们每每追索清显的感情轨迹,总是迷途难返,只好断念。现在,侯爵夫妇甚至有些抱怨绫仓家,怪他们没有管教好自己的儿子。

自己长期以来所憧憬的公卿家族的优雅,难道就仅仅表现在这种意志不坚、暧昧不明的态度上吗?远看起来美妙无比,近观儿子的教育成果,只是一团迷雾,模糊不清。侯爵夫妇心灵的衣裳,尽管使人眼花缭乱，只限于南国风格的鲜艳的单色；而清显的心灵，犹如往昔女官们的丽衣，大红里透着赭黄，竹青里融进了紫红，各种颜色恍惚不定，光是猜度和揣摩儿子的心思，就弄得侯爵疲惫不堪。清显对任何事情都毫不关心，态度冷漠，沉默不语，只是看着他俊逸的面庞就觉得劳累。侯爵回忆起自己的少年时代，处处都是细流涓涓、清澈见底，从来不记得有什么暧昧不明的时候，比如表面上微波荡漾，而清澄的水底下却掩藏着不安和烦恼。

不一会儿，侯爵说：

"换个话题吧，我打算最近把饭沼辞掉。"

"为什么？"

清显的脸上这才露出明显的惊讶来，他确实感到很意外。

"他常年在我们家做事，你明年就成年了，他也大学毕业了，这时正是个好机会。再说，一个直接的原因就是，最近听说他干了件不体面的事情。"

"什么事情？"

"在家里很不守规矩，明白地说，他和女佣美祢私通。要是过去,那是要杀头的。"

听了这话,侯爵夫人出奇地平静。她在这个问题上,无论哪一方面,都是坚定站在丈夫一边的。清显认真地追问道:

"这件事是听谁说的?"

"谁说的无关紧要。"

清显头脑里立即闪过蓼科的面影。

"过去该杀头的事,现在的世道不兴了。再说,他是家乡推荐来的,基于这层关系,原来的中学校长每年都跑来拜年。为了不影响他的前途,让他离开这个家是最稳妥的办法。另外,我还想到一个两全其美的办法,把美祢也辞掉,只要他们两相情愿,可以结成夫妻。今后,我还打算给饭沼找一份工作。总之,目的是让他离开这个家,又不留下什么怨恨,这才是上策。他常年照顾你,这是事实,在这一点上,他没有犯过什么过错。"

"这么周到的处置,可也算仁至义尽了。"

侯爵夫人说。

——清显当天晚上见到饭沼,什么话也没有说。

清显脑袋一搁在枕头上,万千思绪就一起涌上了心头。他明白,自己完全孤独了。论起朋友,只剩下个本多了,然而他也不可能把事情的经过毫无保留地全部告诉本多。

清显做了个梦,他想,这样的梦根本无法写入《梦日记》。因为这个梦实在是纷纭反复,漫无头绪。

各种人物你来我往,刚刚出现雪中三联队的营房,立即又是本多当上了军官;才看到雪地上一群孔雀上下飞舞,又发现暹罗王子一左一右,正在给聪子戴上璎珞长垂的金冠;眼见着饭沼和蓼科争吵不休,两人扭成一团掉进千丈谷底;又看到美祢乘着马车而来,侯爵夫妇恭敬出迎;转瞬间清显自己却坐在竹筏上,摇摇荡荡,漂流于一望无边的大洋之上。

梦中,清显在想:因为自己深深陷入梦境之中,梦就溢出了现实的领域,四处泛滥。

二十二

洞院宫第三王子治典殿下，年龄二十五岁，刚刚晋升近卫骑兵大尉，其性格英迈、豪宕，是最为父亲洞院宫所瞩望的儿子。正因为如此，在选妃一事上，也是听不进别人的意见，虽然有众多候选，但经年累月，尚无一个可意的人儿。父母正在万般无奈之际，应松枝侯爵邀请，出席赏花之宴，正巧同绫仓聪子见面。两位殿下十分满意，托人传话想索取一枚照片。绫仓家立即献上聪子的正装照相，治典王殿下注视良久，没有像以往那样百般挑剔，冷言冷语。这样一来，已经二十一岁的聪子，其年龄不再成为一个难点。

松枝侯爵为了报答以往养育自己儿子的恩德，一心为家道中落的绫仓一家谋求中兴。其捷径就是同皇家缔结姻亲之好，哪怕皇族的非直系也行。作为正统的公卿家族,绫仓家这种做法实出自然,没有什么奇怪。但对于绫仓家来说,需要有一个坚实的后盾,因为考虑到一笔庞大的陪嫁费用,还有逢年过节向皇家的随侍、仆从们赠送礼钱,这笔巨大的开支单靠绫仓家的财力,简直无法想象。松枝家打算将这笔费用全部一手包揽下来。

聪子对于自己周围一派忙碌的现象,一直抱着冷眼旁观的态度。四月里很少有晴天,灰暗的天空下,春色日渐淡薄,夏季即将来临。这座武家府邸门第威严,房舍朴素。聪子站在屋内的矮窗前,眺望着广阔而荒芜的庭园,她发现茶花的花瓣凋谢了,浓黑而结实的叶丛之下又冒出了新芽;石榴树发疯似的长满棘刺的细叶尖上,也同样露出了微红的嫩芽。所有的新芽全部直立着,因此,整个庭园看起来似乎都在昂首挺胸,院子比平时也高出了几分。

蓼科似乎发现聪子显然变得沉默了,时常一个人在想心事。一方面,聪子像流水一般,对父母老老实实,言听计从,不再像以前那样闹别扭了,她总是淡然一笑,全部接受。这种百依百顺的帷幕背后,隐藏着聪子近来如阴天般的对一切漠不关心的冷淡心理。

五月的一天,聪子应邀前往洞院宫别墅出席茶会。按照惯例,这时候正是松枝家请她去参加祭祖的日子。但是,她一直企盼的请柬没有到来,洞院宫家的事务官却带来一份邀请信,随手交给管家就回去了。

这一切表面上看起来好像自然发生的事情,实际都是经过极秘密的策划,精心布置,按部就班实行的。平素言语无多的父母伙同一帮人,暗暗在聪子的周围,画了一圈复杂的咒符,想把聪子封锁在家中。

洞院宫的茶会自然也一同邀请了绫仓伯爵夫妇,假如要对方派马车前来迎接,反而显得有些过分,于是决定借用松枝家的马车。明治四十年建造的别墅位于横滨郊外,这一段马车之旅,即便不是前往赴约,也是一次难得的全家人愉快的郊游。

这天是罕见的晴天丽日,伯爵夫妇互相庆幸这个吉利的日子。南风劲吹,沿途各处鲤鱼旗呼啦啦随风飘扬。这些鲤鱼旗都是按照家中孩子的数目悬挂的,通常是一条大黑鲤鱼夹杂着红鲤鱼,一共五条,显得有些杂乱无章,虽然不是一副随风飘扬的姿态,但山脚下有一家的鲤鱼旗,伯爵透过马车窗户,竖起白皙的手指数了数,一共十条。

"这家的孩子真多啊!"

伯爵微笑着说道,聪子听起来,这种庸俗的笑话同父亲的身份极不相称。

绿叶簇簇,喷薄而出,山山岭岭,从嫩黄到墨绿,千种绿色如波涛奔涌,尤其是透着深红色彩的小枫树的树荫,看起来就像是一块铺着紫金的地面。

"哎呀,灰尘……"

母亲忽然注视着聪子的面颊,正要用手帕擦拭的时候,聪子立即缩了缩身子,沾在脸上的灰尘骤然消逝了。母亲这才发觉,那是玻璃窗上的一块污垢搪住了日光,将影子映射到聪子的脸庞上了。

聪子对于母亲的这种错觉没怎么放在心上,她只是淡然一笑而已。今天,她对母亲特别关注自己的面容甚为反感,就像翻箱倒柜找出私房货细加检点一般。

车窗紧闭,生怕风吹乱头发,马车车厢热得像火炉。车子一个劲儿摇晃,使人有些难以忍受。周围是接连不断的即将插秧的水田,映现出碧绿的山峦的影子……聪子对未来期待着什么呢?她自己也不知道。一方面,她出奇地大胆起来,任自己沉沦于无法遁逃的境地,再也不会顾忌什么危险了;一方面似乎又在期盼着什么,现在还来得及,还来得及啊。一旦危机来临,她希求降下一道赦免令,但同时又憎恶一切希望。

洞院宫的别墅位于临海的高台之上,这是一座外观上具有宫殿风格的洋馆,铺着大理石楼梯。全家人受到管家的迎接,从马车下来,看到海港里各种船只,不禁赞叹起来。

茶会在一条向阳的宽敞的走廊里进行,这里可以俯瞰大海。廊下栽种着各种繁茂的热带植物,入口处摆放着暹罗王室赠送的一对巨大的新月形的象牙。

两位殿下站在入口迎接客人,亲切地招呼大家坐下。端上来的镶嵌着菊花徽章的茶具,盛着英国风味的茶水,茶桌上摆着薄薄的三明治、西洋点心和饼干。

妃殿下谈起上回赏花的时候非常高兴，又提到打麻将和关于长歌的事。伯爵代替默默不语的女儿说道：

"在家里还是个孩子，没有让她打过麻将。"

"哎呀呀，我们一有空，整天玩麻将。"

妃殿下乐呵呵地说道。

聪子未曾提到自家里只有黑白十二子古老的双陆棋之类的事。

今日洞院宫衣着随意，穿一身西装。他陪伴伯爵走到窗边，像教导小孩子似的，披露着渊博的知识。他一一指点着港内的船只，告诉伯爵，那是英国货轮，名叫闪光甲板型轮船，那是法国货轮，名叫遮浪甲板型轮船，等等。

从场面的气氛上一眼可以看出，两位殿下对选择什么样的话题颇为踌躇。不论是谈体育，谈喝酒，哪怕只有一个共同感兴趣的话题也好。可是，绫仓伯爵只是一味笑嘻嘻地听着别人说话，在聪子眼里，她感到从父亲那里学会的优雅，从未像今天这样变得一无用处。伯爵这个人平素时常脱开眼前的话题，傻头傻脑插进一些毫无关联的笑话，今天，他却明显地控制着自己。

不一会儿，洞院宫看看钟表，蓦然想起什么似的，说道：

"今天幸好，治典王在军队里告假就要回来了。我们这个儿子生性粗豪，请不必介意。尽管看起来是那样，可他心眼很善良。"

话刚说完，门外就喧嚷起来，看情景王子已经到家了。

治典王殿下腰挂佩刀，足蹬军靴，一身戎装，随着一阵铿锵作响的声音，英姿勃勃地出现于走廊之上。他向父亲举手致敬。刹那间，聪子却感受到一种莫名的虚有其表的威风。但是，她心中很明白，这位父亲喜欢王子这副勇武的性格，年轻的王子一切都是遵照乃父的期望立身处世的。这是因为王子的兄长心性异常柔弱，健康亦欠佳，父亲对他很失望。

治典王殿下因为是初次见到美丽的聪子，神态里自然带着些腼腆的成分。他们互致问候的时候包括之后，殿下对聪子几乎没有敢正面看过一眼。

王子身个儿不高，体格健壮，精明干练，保持着一副尊大、坚毅、年轻而颇具威严的神态。洞院宫眯细着眼睛瞧着儿子，心里十分受用。不过，世上人风传，这位仪表堂堂、俊逸潇洒的父亲缺少深远和坚强的意志。

治典王殿下的兴趣是搜集西洋音乐唱片，关于这方面，他有着自己独到的见解。母亲对他说：

"放首曲子听听吧。"

"好的。"

王子应了一声，走到室内留声机旁边。这时，聪子不由抬眼追踪着他的身姿。王子大步跨过走廊和房间的交界处时，擦拭得锃亮的黑色长筒靴上，连连闪耀着窗户上的白光，甚至外面的蓝天也像一片青色的陶瓷，含蕴在那黑色的皮革表面。聪子微微闭上眼睛，等待着音乐开始。骤然间，一种等待的不安如团团黑云拥塞在她胸中，就连唱针落在唱盘上的一点响声，在她耳里也像是巨雷轰鸣。

——她和王子之间，后来仅仅交谈了三言两语，傍晚时分，全家离开了洞院宫的别墅。其后一周光景，洞院宫家的管家来访，同伯爵做了一次长久的谈话。结果决定正式向宗秩寮[1]一道请求皇上降御旨的帖子。聪子偷看了这个帖子，内容如下：

宫内大臣殿：

治典王殿下、从二位勋三等伯爵绫仓伊文长女聪子，双方自愿缔结良缘。兹将该事宜禀奏，以征询尊意，并请转呈圣上，赐降敕许。

洞院宫府执事　山内三郎

大正二年五月十二日

三天之后，宫内大臣下达通知，内容如下：

关于通知洞院宫府事务官事由

洞院宫府执事：

治典王殿下、从二位勋三等伯爵绫仓伊文

1　宫内省的下属机关，掌管皇族及其他王公贵族的日常事务。

长女聪子，双方自愿缔结良缘之事宜。本府已予办理。一俟圣上有旨，即行转送。

宫内大臣
大正二年五月十五日

这样一来，请求圣上降下御旨的手续已经办妥，可以随时上奏，请求敕许。

二十三

清显已经是学习院高等科最高班的学生了，因为来年秋天即将升大学，所以有的人从一年半之前就开始用功，准备迎接升学考试。本多一点动静也没有，这倒很中清显的意。

乃木将军一手恢复起来的全体学生住校的制度，原则上必须严格遵守，但是病弱者允许走读。像本多和清显等按照家人的意愿不住校的学生，也都煞有介事持有相关医生的诊断书。各人都假造了病名，本多是心脏瓣膜病，清显是慢性支气管炎。两人经常用假造的病症开玩笑，本多模仿心脏病人胸闷不堪，清显一个劲儿干咳不止。

没有一个人相信他们有病，他俩也没有一味装病的必要。只有日俄战争中幸存的下士官们的军训课例外，这门课程虽说是走形式，但那帮子人不怀好意，总是把他们俩当成病号。教练进行训示的时候，冷言冷语讥刺道：那些连学校集体生活都不能过的病弱之徒，一朝有事，如何能为国尽力？

因为暹罗王子们住校，清显觉得很过意不去，经常带些礼物去探望他们。彼此相处得亲密无间的王子时常发发牢骚，抱怨行动不自由。那些活泼而又冷酷的住校生，未必是王子们的好朋友。

本多对于久久将朋友置于脑后，如今又像厚脸皮的小鸟一般飞回来的清显，依然采取欢迎的态度。清显似乎也把自己过去一直忽视本多的事全都忘却了。本多看到清显进入新学期后，忽而变成另外一个人了，学会时常表现一种虚假的快活的心情，他感到十分诧异。当然，他什么也没有问，清显什么也没有说。

如今，对清显来说，即便是朋友也不可敞开心扉，这是他唯一的聪明的做法。由此，他也不必担心，本多会看出自己只不过是任女人家随意摆布的傻孩子。他明白，有了这种安心感，他才可以在本多面前使自己自由自在，明朗活泼。而且，他不想给予本多以幻灭的心情，以及自己打算在本多面前想做个获得自由、解放的人的心情，对于清显来说，这是对无数冷漠的补偿，同时也是自己最好的友谊的明证。

清显对自己变得如此开朗也甚为不解。后来，父母亲若无其事地告诉儿子关于洞院宫和绫仓家婚事的进展情形，讲了些有趣的事。据说那位好胜的姑娘在相亲席上显得很拘谨，一句话都没说。当然，清显从父母的谈话里是无法得知聪子的悲哀心情的。

一个想象力贫乏的主儿，往往直接从现实的事象中获取自己判断的食粮，而一个想象力丰富的人会立即筑起想象的城堡，并把自己封闭于其中，关紧所有的门窗，清显也具有这种倾向。

"眼下只等着敕许了。"

母亲的话留在他耳朵里。"敕许"这个词，如实地传达给他一个声音，犹如又长又宽又黑的走廊的前方有一道门，挂在那里的一把小巧而坚固的金锁，挫牙一般"吱嘎"一声，自动把门锁上了。

清显恍恍惚惚眺望着那个泰然自若听父母讲故

事的自己，他感到自己是个恼怒和悲伤都压不垮的男子汉，心中甚为踏实。"我原来是个远比自己所想象的更加不易受伤的人啊！"

过去，他从父母粗忽的感情里体验到几分疏离，而今，他对于确确实实继承这种血统的自己感到十分庆幸。他本不属于被人伤害的一类，而是属于伤害他人的一类！

他想到聪子的存在离自己一天比一天遥远，不久就要到伸手不可及的地方了，胸中涌动着难以形容的快感。好似看着布施亡灵的灯影照耀着水面，乘着夜潮渐渐远去，心里祈祷着漂得越远越好，越是远离越能证实自己的实力。

如今，这个广大的世界里，没有一个人能为他此时的心情作证。这使得清显更容易伪装自己的心情。"我理解少爷的心事，只管交给我好了。"那些嘴里不断唠叨着的"心腹"的目光，也从自己身边拂拭掉了。他为逃脱蓼科那个大骗子而高兴，也为摆脱饭沼这位几乎达到肌肤之亲的忠实朋友而欣喜。一切烦恼，从此消失。

父亲满含深情地辞退了饭沼，清显认为这是饭沼自作自受。这个想法庇护了自己冷酷的心。而且，他对蓼科始终信守"这事我决不会告诉老爷"这一约定，颇为感激。这一切都来自水晶般冰冷、透明而带有棱角的心灵的功德。

饭沼离开府邸的时候……他来到清显的房子里辞行，他哭了。清显觉得他的眼泪里含着种种意思。饭沼似乎一直强调自己对清显很忠实，这使清显很不愉快。

饭沼本来没说些什么，他只是一个劲儿哭，他想通过沉默对清显传达一些信息。他们七年间的交往，对于清显来说，开始于感情、记忆尚在朦胧中的十二岁时的春天，饭沼在他一懂事时就待在这个家里了。清显整个少年时代，几乎身边都有饭沼的影子，一身深蓝色污秽衣服的黑影。对于他的那种难以忍受的不满、愤怒和否定，清显一概装作漠不关心，但是越是如此，越是沉重地压上清显的心头。不过，另一方面，饭沼黯淡、阴郁的眼神所隐藏着的一切，使得清显少年时期难以避免的不满、愤怒和否定得以免除。饭沼所求取的东西，始终在他的心里燃烧，他越是寄望于清显，清显越是远远离开他。或许这是自然的规律所致吧。

当清显把饭沼作为自己的心腹，使他对自己的压力丝毫不起作用的时候，抑或清显就已经从精神上向今天的离别迈进了一步。这一对主仆之间是不应该有这种理解的。

垂首而立的饭沼穿着深蓝色衣服，敞开的胸脯映着夕阳，微微显露出杂乱的胸毛。清显用一副沉郁的目光望着那里，饭沼的一颗富于威压性的忠诚之心，正是得到那堆厚重得令人心烦的肌肉的保护呢。他的肉体本身充满着对清显的责难，他那布满污秽粉刺的凹凸的面颊在闪亮，犹如洒在一片泥泞上的光照，辉耀着狂妄的余晖，向清显述说着，忠于自己的美祢也同他一道离开这个家。这是何等傲慢无礼！年轻的主子遭受女人的背叛，孤身一人；而学仆却获得女人的信任，趾高气扬，离开自己而去。而且，饭沼今日的辞别，从他那副表情上看，一直认为自己是完全出于对主子的忠诚之心，他对这一点坚信不疑。这种表现也使清显焦灼不安。

然而，清显一副贵族的态度，流露着冷漠的人情。

"这么说，你离开这儿不久，就要同美祢结成夫妻吗？"

"是的，承蒙老爷的吩咐，就请答应我们吧。"

"到时候通知我，我要给你们送贺礼。"

"那太感谢啦。"

"一旦有了着落，来信告诉我地址，说不定我会去探望你们的。"

"少爷要是来玩，我们将感到万分高兴。不过，家里肯定又小又脏，让您受委屈，实在太过意不去啦。"

"用不着那样客气。"

"好，您既然说了……"

饭沼又哭了，随即从怀里掏出一张粗糙的草纸揩着鼻涕。

清显认为，自己口中吐出的一言一语很适合眼下这种场合。无疑，他在这种场合中十分流利地说出这些丝毫不带感情的话，反而更加令人感动。生存于感情世界的清显，如今更有必要学会心理政治学，这种学问必要时也应该能适用于自身。他穿上感情的铠甲，并学会了将铠甲揩拭得锃亮。

这位十九岁的少年没有了烦恼和忧愁，从所有的不安中解脱出来，感到自己是个冷酷万能的人。一桩事明明白白地了结了。饭沼走后，他从敞开的窗户里，眺望着绿叶翠碧的红叶山映在湖水中的美丽倒影。

窗边的大榉树枝叶繁茂，一团深绿，站在这扇窗户前边，不伸长脖子就无法看到九段瀑布落进深潭的那一带场景。湖水也一样，靠近岸边的大部分水面，覆盖着淡绿的莼菜叶；萍蓬草鹅黄的花朵还不怎么惹眼；透过大厅前石板桥迂曲的桥洞，花菖蒲那一簇簇绿剑般锐利的叶片丛中，浮现着紫色和白色的花朵。

清显注意到停在窗棂边的一条玉虫慢慢爬到室内来了。闪耀着黄绿光芒的椭圆形的甲胄，有着两道艳丽的紫红的线条。玉虫缓缓摇动着触角，一点点向前移动着锯齿般的细腿，于时光无限的长河中，全身一直滑稽地保持着凝重而沉静的色彩。看着看着，清显的一颗心深深被吸引到虫体之内了。玉虫以这种光明绚丽的姿态一点点向清显靠近，这毫无意义的爬动似乎在向他垂训：时光在每一瞬间都无情地改换着现实的局面，他应该如何使自己每时每刻都活得光辉灿烂？他自己身上感情的铠甲怎么样呢？是否像这种甲虫的铠甲，散射着自然、美丽的光彩，并且具有抵御外界一切侵害的顽强力量呢？

此时，清显深深体味到，周围茂密的树木、蓝天、云彩、楼台殿阁，所有的一切都在为这条玉虫而奉献自己；而今，玉虫就是世界的中心，地球的核心。

——今年祭祖的气氛似乎不比往年。

首先，过去一旦临近祭祀，饭沼就及早将场地打扫得干干净净，他一个人把祭坛和椅子全包下来了。今年不同了，这份工作落在山田肩上，山田从前没干过，再说，一直由年轻人承担的这份差事，自己接过手来，实在感到没意思。

其次，聪子没有接到邀请，在所有应邀参加祭祀的亲戚朋友中，只有她一人缺席。虽说聪子不是正式的亲戚，但其他人中找不出一位可以替代聪子的俊俏女宾。

神仙也似乎对这个变化感到不快活，今年举行祭祖期间，天空黑云密布，雷声隆隆，女人们害怕淋雨，不能静心聆听神主宣读祭文。幸好，当身穿绯红礼服的巫女辗转为大家的酒杯斟满神酒时，天空也晴朗起来。与此同时，炽热的阳光照射下来，使得女人们低俯着掩在衣领内、涂着厚厚白粉的颀长的颈项，渗出了粒粒汗珠。此刻，藤架上垂吊着一串串花朵的阴影，为后排的与会者罩上了一片凉荫。

假如饭沼在场，看到年年向先祖表示敬意和追悼的气氛逐渐变得淡薄起来，一定会生气吧？尤其是明治大帝驾崩以来，先祖们被置于明治时代幽深的帷幔之中，变成了同现今世界毫无关系的邈远的神佛。与会者中有先祖的未亡人、清显的祖母以及几位年长者，这些人哀悼的眼泪早已干涸了。

漫长的祭祖仪式过程中，女人们总是高声交谈，年年如此，连侯爵都不便制止。侯爵本人似乎也对祭祖一事感到不堪重负，希望场面稍微活跃些，不必那样墨守成规。只有那位装扮艳丽、琉球风格的高鼻梁巫女，始终吸引着侯爵的目光，仪式结束之后，他还一直注视着陶器酒杯里的神酒，仿佛那里蕴含着巫女光亮而黝黑的眸子。一等仪式完了，侯爵连忙走到堂弟、海军中将身边，似乎以那巫女为题说了句猥亵的玩笑话，逗得中将哈哈大笑，惹得众人一起回头张望。

生着一副悲戚的八字眉的侯爵夫人，也许深知自己的面容最适合于这样的场面，所以全然不改换自己的表情。

至于清显，他早已敏锐地觉察到飘荡于会场上的浓重的空气：全家里的女人聚集在藤架周围的荫凉里，交头接耳，失之恭谨；这堆包括侍女在内、连姓名都不知道的女人，毫无表情，不见一丝悲哀，只是为了聚合而聚合，不久又分散开去；这些女人每人都有一张白皙而呆滞的脸孔，充满着不可思议的浓重的不如意的表情，宛如一轮白昼的月亮。那里明显是女人们的气味，聪子也隶属其中。而且，即使用缠绕着洁白纸帛的杨桐绿叶的祭神玉串，也难以被除这种气味。

二十四

丧失的安心，抚慰着清显。

他心中一直在思忖，在现实中感知丧失，是否较之害怕丧失更好。

他丧失了聪子，这很好。其间，满腔的愤怒也镇定下来。感情得到良好的节约，犹如一支为光明和热烈而点燃的蜡烛，身子化作蜡液而消融；一旦被风吹灭，峭立于黑暗之中，已经没有自身被销蚀的恐怖了。他懂了，孤独原是一种休息。

季节临近入梅。就像一个处在康复期的病号，小心翼翼试着回到正常生活一样，清显为了考验自己是否还会为之心动，特地沉浸在对聪子的回忆里。他拿出影集观看往昔的照片，有一张站在绫仓家槐树下拍的幼年时期的旧照，他和聪子两人胸前都戴着雪白的围兜。清显看到自己的身个儿比聪子高,感到很满足。擅长书法的伯爵,热心教他们临摹古代日本字帖,那是藤原忠通[1]创造的法性寺书体。有时候看他们习字厌了,为了提高兴趣,让他们在卷轴上轮流书写《小仓百人一首》[2]中的一首和歌,这个卷轴至今还保存着。清显写的是源重之[3]的一首:"风狂浪猛岩石碎,身死魂销思永远。"聪子紧挨着写的是大中臣能宣[4]的一首:"卫士城门篝火燃,夜明昼暗盼郎还。"一看就知道,清显笔墨颇为稚嫩,而聪子运笔优游、巧致,不像出自孩童之手。长大之后,清显很少接触卷轴,因为他从中发现,她比自己先行一步,两者是成熟与未成熟之比,这种差距使他感到尴尬。但是,如今仔细观察一下,他感到自己的笔迹虽然幼稚,但那朴拙瘦硬的笔画中却跃动着男儿的勃勃英气,同聪子行云

---

1 藤原忠通(1097—1164),日本平安末期公卿、歌人。结缘于美福门院,获鸟羽法皇信任。著有歌集《法性寺关白御集》。

2 镰仓时代的和歌总集,由一百位歌人每人选一首编撰而成。

3 源重之,平安中期歌人,冷泉天皇时代带刀长,三十六歌仙之一。著有家集《重之集》。

4 大中臣能宣(921—991),平安时代中期神祇官人、歌人,三十六歌仙之一。著有家集《能宣集》。

流水般的优雅笔法恰好形成对照。不仅如此。他一想到当时自己手握饱蘸着墨的毛笔,在金砂打底、配以幼松的华美的彩纸上勇敢落笔的时候,紧跟着一切情景便在眼前浮现出来。聪子那时候梳着娃娃头,留着长长的乌黑的刘海。她弓腰在卷轴上写字的时候,热心之余,一簇黑发从肩头滑落下来。她竟然置之不顾,小小的手指紧紧攥住笔杆不肯放松。清显透过头发空隙,望着她那可爱的全神贯注的侧影。聪子咬着下唇,小巧、伶俐的牙齿闪现着光亮,虽然还是幼女,但鼻官秀挺、端丽、匀称,她的那副长相使得清显总也看不够。还有那沉郁而黯淡的墨香,纸上走笔时风翻竹叶般的沙沙声响,砚台上"砚海"和"砚岗"奇怪的名称[1],自那不起一片浪花的海岸陡然凹陷的墨海,深不见底,浓黑的积淀,墨上的金箔剥落,飘散下来,犹如光闪闪的月影浮泛于永恒的夜的海面……

"我居然能这样心性安然地回忆往事了。"

清显暗暗感到自豪。

---

[1] 砚台各部分名称,一端存墨的凹沟叫砚海,又称墨海、墨池、砚沼、砚泓;研墨的平台称墨堂;阻挡墨外流的边缘称墨缘。

梦中没有出现过聪子。本以为出现的是聪子的身影，不想梦中的女子突然一转身走了。梦里时常出现的地方好似白昼里广阔的街衢，那里不见一个人影。

——上学的时候，帕塔纳迪特殿下希望清显把他替王子保管的戒指带回来。

在学校里大家对暹罗两位殿下的评价不算好。这也难怪，他们日语不过关，自然给学习造成了障碍，不过对于同学出于好意的玩笑，也是一概不懂，大家对他们失去耐心，只好敬而远之。两位王子始终不绝的微笑，在那些粗野的学生看来，只能使他们感到莫名其妙。

让两位王子住校，这是外务大臣的主意，清显听说舍监为安排这两位宾客伤透了脑筋。学校给予他们准亲王级的待遇，住特等房间，搬进来高级的床铺，想方设法使他们同住校生们亲密交往……总之，舍监为他们竭尽全力。可是一天天过去，王子他们一天到晚关在两人的小天地里，连朝礼和体操也很少参加，于是逐渐加深了和同学们的隔阂。

这样的局面是多种因素造成的，他们来日本后不满半年的预备期，要使王子们听懂日本语授课，时间是不够的。再说，王子们也不太用功，本来可以大显身手的英语课，不管是英译日还是日译英，他们都一概无能为力。

且说帕塔纳迪特殿下委托清显保管的戒指，收藏在五井银行侯爵的私人金库里了，清显必须特地从父亲那儿借来印章才能取出来。所以，清显天黑前又赶回学校，访问王子们的宿舍。

这天天气郁闷，令人想起梅雨时节干燥炎热的天气。王子们眼巴巴盼望的阳光明媚的夏季似乎近在咫尺，但又伸手莫及。这是个仿佛描绘出王子们焦躁心情的郁悒的日子。粗劣的木造平房，掩映于树木的一片浓荫之下。

运动场上还有人在练习打橄榄球，腾起阵阵喊声。清显讨厌从那年轻的喉咙里发出的理想主义的呼叫，其实不过是一些粗暴友情的表达，新型的人道主义，无休止的玩笑和俏皮话，以及对于天才的罗丹和完美的塞尚没完没了的礼赞……那只是对应古典剑道练习场叫喊的新型体育场上的叫喊。他们的喉头一直充血,青春里散发着青桐叶子的气息,戴着一顶无形的唯我独尊的高帽子。

言语不通的两位王子夹在这新旧两种潮流之中,是如何度过这些不如意的日月的呢?想到这里,心胸不很旷达的清显不禁泛起同情。近来,清显已经从忧思中解脱出来,获得了自由。这座特级房间位于灰暗简陋的走廊尽头,古旧的房门上挂着写有两位王子姓名的木牌。清显站在门外,轻轻叩响了房门。

出来迎接的王子们几乎要跑过来抱住他。两人之中,帕塔纳迪特殿下性格爽直,充满幻想,所以清显很喜欢乔培,不过最近,那位轻薄、浮躁的库拉沙达殿下也变得沉静多了,两人经常闷在房间里,多半是用本国语言小声地谈论着。

房间里除了床铺、书桌和衣橱之外,没有其他像样的摆设。房舍本身充满乃木将军兵营的趣味。腰板之上是白粉墙,墙上钉着一块小木板,上头供奉着一尊金色的释迦牟尼像,使得室内大放异彩,王子们也许朝夕对着金像膜拜吧。窗户两侧挽结着经过雨渍的白纱窗帘。

王子二人都有一张被太阳晒得黧黑的面孔,黄昏中只显露出微笑的洁白的牙齿。两人让清显坐在床头,急着催促他拿出戒指来。

金质的门神亚斯卡一双半人半兽的脸孔嵌镶在浓绿的宝石中,这枚戒指闪耀着光辉,同这间屋子是多么不协调啊!

乔培高兴得大叫起来,他接过戒指立即套在浅黑、柔细的手指上瞧着。那手指似乎生来就是为了爱抚,那样纤细、柔软,宛若打门窗的缝隙里钻进来,伸长指爪投映在木质地板上的一道热带的月光。

"这回好容易又把月光公主戴到手指上啦。"

乔培满怀惆怅地吐了口气。库利沙达殿下不像以前那样开玩笑了,他打开衣橱,拿出珍藏在几件衬衫之间的自己妹妹的照片来。

"在这座学校里,即使在桌子上摆着自己妹妹的照片也遭人耻笑。所以,我只得把金茜的照片小心翼翼保存在这里。"

库利沙达殿下的声音哽咽了。

不久，乔培告诉了清显事情的真相，据他说，月光公主已经两个月没有来信了，向公使馆询问，也没有明确答复。这位妹妹甚至也没有给王子哥哥库利沙达写信报告安否。要是发生意外，例如身染重病什么的，也该打电报来说一声，既然连亲哥哥都不愿透露，这种变化对乔培来说不堪设想，只能说明暹罗宫廷急着拿公主搞政治联姻之类的事情了。

想到这里，乔培心情抑郁，明天会不会有信来呢？即使有也或许是报告不祥的事情吧？他一味胡思乱想，哪里还有心思温课。此时，为了寻求心灵的寄托，王子想到的只有一个，那就是取回公主在饯别宴上赠送的戒指，将自己的思念全部收笼在那片密林般晨光熹微的碧绿的祖母绿宝石之中。

今天，乔培似乎忘记了清显的存在，他把戴着祖母绿戒指的手指伸到桌面上月光公主的照片旁边，仿佛要在一瞬之间把隔着时空的两个实际的存在凝结在一起。

库利沙达殿下打开天花板上的电灯，这时，乔培手指上祖母绿的闪光反射到相框的玻璃上,正巧在公主白色绣衣的左胸嵌上了一个暗绿色的四边形。

"这样,你看怎么样?"乔培的英语带着梦幻般的调子,"她不就像长着一颗绿色火焰般的心脏吗?密林中由这根树枝爬向那根树枝的如藤蔓般纤细的绿蛇,说不定也有着这种冷绿的极其纤细的龟裂的心脏吧?她也许一直期待着我能猜出她在饯别宴上对我的一番柔情蜜意吧?"

"这是不可能有的事,我说乔培。"

"别生气嘛,库利。我决不想侮辱你的妹妹,我只是想说明恋人的一种奇异的存在罢了。

"她的照片只保留着她拍照时的身影,而我觉得这饯别的宝石忠实地映照着她此时此地的一颗心,不是吗?在我的回忆里,照片和宝石,以及她的身影和心灵是分别存在的,而眼下却结成一体了。

"我们面对所爱的人儿,往往把她的姿影和心灵分开来看,那是愚蠢的。现在,我虽然远离她的实体,但比起相逢时也许更能看到一个转变成结晶体的月光公主。如果离别是痛苦的,那么相逢也可能是痛苦的;

如果相逢是欢乐的,那么离别为什么就不可能是欢乐的呢?哪有这样的道理?

"不是吗?松枝君,恋爱就像魔术一样穿越时间和空间,我正想探寻其中的秘密呢。即使可爱的人儿就在眼前,也不一定恋着她的实体,而且,她美丽的倩影又是实体不可或缺的形式,这样一来,一旦隔断时间和空间,就会产生双重的迷惘,同时也会加倍地接近实体……"

王子哲学性的思辨不知还会如何深入下去,但是清显觉得不可等闲听之。王子的一番话使他泛起万端思绪。如今,他相信自己对聪子已经"加倍地接近实体"了,而且他确确实实感到,自己所恋的不是聪子的实体,然而,其中有什么证据呢?自己不是动辄就陷入"双重的迷惘"中吗?况且,自己所恋的果真不是她的实体……清显微微地半无意识地摇摇头,不由想起一次在梦中看到乔培戒指的祖母绿中出现了女子奇异的俊美的容颜,那女子是谁呢?是聪子?是月光公主?还是其他人……

"可是,夏天何时到来呢?"

库利沙达殿下凄然地眺望着窗外包裹于密林中的夜。密林远方一幢幢学生宿舍灯火闪烁，不知从哪里传来一阵阵嘈杂的声音，似乎学生食堂到了开晚饭的时刻了。听到林中小道上的学生在吟诗，那种阴阳怪气、马虎草率的腔调，招来别的学生一阵哄笑。王子们眉头紧锁，他们害怕这群伴随黑夜而来的妖魔鬼怪……

——清显归还戒指不久，引发了一桩令人极不痛快的事情。

数日后，蓼科打来电话，婢女转达给清显，清显没有接。

第二天又打来，清显还是不理。

这件事虽说有点闹心，但是清显却在心中布下一道防线，聪子那里暂且不管，愤恨只冲着非礼的蓼科一个人，一想到那个爱撒谎的老太婆又要厚颜无耻地骗人，他就怒火中烧，虽说不接电话多少有些不安，但总觉得是最好的处理办法。

三天过去了，入梅以来整天不停地下雨，清显放学一回到家，山田就恭恭敬敬捧着漆盘进来，里边放着一封信。清显看到信封反面笔迹流丽地写着蓼科的名字，心中不由一震。封口用糨糊粘得很牢，用手一摸就能感觉出厚厚的双重信封中还有一个信封。清显害怕一个人时有可能会打开信来看，所以特地当着山田的面，将这封厚厚的信撕碎，命令山田扔掉。因为，要是丢在自己屋里的废纸篓里，他又担心会将碎片重新拼接起来。山田有些困惑不解，不住眨巴着镜片后头的眼睛，什么话也没有说。

又过了几天，其间，撕毁信的事一天天越来越沉重地压在心头。清显十分生气，如果仅仅是因为那封无关紧要的信扰乱了自己的心情倒也好说，而是还夹杂着当时没有果断将信拆开的后悔，这是令他无法忍受的。那时撕毁信件确实是出于一种坚强的意志力，然而时过境迁，反而怀疑自己是否因为太胆小了。

那封不太惹眼的装在双层白色信封内的信笺，制纸时似乎漉进了柔软坚韧的麻丝，撕起来手指感到很费劲。其实纸张里不会混进麻丝的，而是缺乏坚强的毅力，所以体内连撕毁一封信的力气也没有了。这是多么可怕啊!

　　他已经不想再为聪子而烦心了,他不愿使自己的生活包裹在聪子不安的香雾之中。既然好不容易找回了一个明确的自我……不过,当时撕毁那封厚厚的信,他确实感到仿佛是在撕裂聪子白嫩而芳香的肌肤。

　　一个梅雨放晴后酷热的中午,清显放学回家,看到主楼前吵吵嚷嚷,家里的马车正要出发,用人们正在向车厢里搬运一个硕大的紫纱布包裹,看样子是送礼用的。马摇晃一下耳朵,污秽的牙齿垂下闪光的口涎,炽烈的阳光下,那涂着一层明油似的披散着青鬃的脖颈,浓密的汗毛下凸起的青筋犹如浮雕一般。

　　清显刚要跨进大门,正好母亲穿着带家徽的三层礼服走出来。清显说了声:

　　"我回来了。"

　　"哎呀,你回来了?我这就到绫仓家送贺礼去。"

　　"祝贺什么?"

　　母亲向来不愿意让用人们知道重要的事情,她把清显拉到大门内放伞架的僻静角落，低声说道：

"今早终于下来敕许了，你也一起去道个喜吧。"

侯爵夫人未等儿子回答去还是不去，发现儿子听了自己的话，眼睛里倏忽闪过一丝凄凉的喜悦。然而，夫人脚步匆匆，无暇探寻其中的意味。

跨过门槛，她又回过头来，八字眉依然含着几分悲戚，她的一番话说明这一瞬间她从儿子的表情里什么也没有学到。

"喜事终究是喜事，虽说两个人闹了点别扭，这种时候还是应该去祝贺一下的。"

"代问个好吧，我不去了。"

清显站在门外目送着母亲的马车，马蹄踢散路上的小石子，听起来似沙沙的雨声。松枝家金色的家徽，透过花园内的五叶松，活泼地晃动着，渐渐走远了。主人走后，用人们站在清显背后，一齐放松了肩膀，像雪山一般崩塌下来。他回头看看女主人走后变得空荡荡的府第，用人们低着头，等着他先走进家里。清显感到自己掌握了思索的种子，足以充填眼前巨大的空虚。他对用人们瞧都不瞧一眼，大踏步跨进门槛，急匆匆通过走廊，只想尽早把自己关进房子里。

其间，他心头一阵灼热，随着一阵奇异的剧烈的心跳，看到了"敕许"两个珍贵的光辉文字。终于降下敕许了！蓼科频繁的电话和厚厚的信件，或许是敕许下来之前最后的挣扎，以便抢先求得清显的宽恕，偿还心灵的债务。无疑，这正是她心情焦躁的表现。

在这剩下的一天，清显任想象的翅膀自由翱翔，对外界的一切一概不放在眼里，往昔沉静而明晰的镜子已经粉碎，热风扑打着心扉，喧骚不止。过去，他些微的热情必然伴有的忧郁的影子，如今在这激烈的热情里再也找不到一鳞片爪了。要举出与此相似的感情，那首先只能提到最为接近的"欢喜"了。然而，在人们的感情中，没有比毫无理由的激烈的欢喜更加阴森可怖了。

是什么给清显带来欢喜的呢？说起来那就是"不可能"这一观念。绝对的不可能！聪子同自己之间的情丝犹如利刃割断琴弦，伴随着断弦的一声脆响，已经被"敕许"这把寒光闪闪的快刀拦腰截断为两截了。他从孩童时代起的这段漫长的时间，于反复的优柔寡断中所悄悄梦想、暗暗企盼着的，正是这样的事态。"捧裾"时所看到的妃殿下雪白的颈项，那秀挺、峭拔、无与伦比的美艳正是这种梦想的源头，无疑预告着他的这种企盼的成果。绝对的不可能！

这正是由于清显自身忠实于那种极端扭曲的感情自然招致的事态。

但是，这种欢喜究竟是什么呢？他实在无法脱离这种欢喜的黑暗，危险而可怕的阴影。

他认为，对自己来说只有一种真实，那就是单单为着既无方向又无归结的"感情"而活着……如果说这样的生存方式终于把他引入欢喜的黑暗的旋涡，那么最后只得葬身于深渊之中了。

他又把小时候和聪子一同习字写下的《小仓百人一首》拿出来观看，他想，十四年前聪子身上的薰香还残留在字面上吧？他把鼻子凑近卷轴闻了闻，算不上霉味的幽远的馨香之中，他的一种痛切的、在这个人世上既无力又无羁的感情的故乡苏醒了。两人玩双六棋，聪子赢了，她的小小牙齿咬着皇后赏赐的手工制作的点心，一边菊花瓣上的红色鲜艳了，消融了，接着,白菊冷峭的雕刻的棱角随着舌尖的触及,化作甘甜的浆,飘散着香味……一栋栋幽暗的房舍,从京都带来的古代皇宫风格的秋草画屏,还有那岑寂的夜晚,以及聪子黑发底下娇小的哈欠……所有这一切所洋溢的寂寥而优雅的情趣,历历如绘地浮现在他的脑海之中。

　　于是,清显感到自己正向一种观念徐徐靠近,这个观念哪怕瞥上一眼,也使他胆战心惊。

二十五

……类似高音喇叭的响声在清显心中涌现。

"我爱聪子。"

他平生第一次具有这种感情,不论从哪个角度看,都是毫无可疑之处的。

"优雅即是犯禁,而且犯了至高的禁律。"他想。这个观念教给他久久被禁锢着的真实的肉感,细思之,他的飘忽不定的肉感,毫无疑问,一直在暗暗寻求这种观念的强力支持。为了找到真正符合自己的作用,他是费了多大的力气啊!

"现在,我正爱着聪子。"

为了验证这种感情的正确与真实,只要坚持"绝对不可能"就足够了。

他心绪不宁地从椅子上站起来,然后又坐下,一直沉溺于不安和忧郁之中的身子，眼下忽然充满了青春的朝气。原来那一切都是错觉，自己本以为被悲哀和敏锐彻底打倒了呢。

他打开窗户，眺望着阳光灿烂的湖水，深深吸了口气，眼前大榉树嫩叶的清香立即扑鼻而来。红叶山上面的天空，云层攒聚，富有包蕴夏云的光辉的量感。

清显两颊火一般灼热，眼睛炯炯有神。他已经完全变成一个崭新的人了。说起来，他毕竟十九岁了。

二十六

……他在热情的梦想里度着时光，一心等待着母亲的归来。母亲待在绫仓家里，他不便前往。然而，他到底还是等不及母亲回来，便脱下制服，换上碎白花夹层和服，套上宽腿裤子，招呼闲人备车。

到达青山六丁目，他特地打发自家人力车回去，自己乘坐刚刚开通的六丁目至六本木之间的市营电车，到终点站下车。

拐入鸟居坂的一个角落，那里生长着三棵大榉树，过去有六棵，使人想起"六本木"这个名称的由来。市电开通之后，树荫下依然悬着"人力车停车场"的招牌，竖立着木桩。头戴圆形斗笠、上下一身短打的车夫们，在这里兜揽生意。

清显喊过来一个车夫，先付给他一大笔车费，叫他拉往近在眼睛和鼻子底下的绫仓府邸。

绫仓家的长形屋门,松枝家的英国制马车是驶不进去的,因此,门前如果停着马车,大门左右敞开,证明母亲还在;如果没有马车,大门紧闭,那就意味着母亲已经离去。

人力车通过门前,看到门扉关闭,门外遗留着来往的四条车辙印。

清显叫车夫拉回鸟居坂一旁,自己留在车上,吩咐车夫把蓼科喊来,车篷成了他等人的隐蔽所。

蓼科好大一会儿没有出来,清显透过布幔望着外面,渐渐倾斜的夏阳宛如浓稠的果汁,浸泡着林子里枝叶繁茂的树梢,明光闪烁。鸟居坂附近一棵巨大的橡树,嫩绿的树冠越过高高的红砖围墙,好似白色的鸟巢,缀满了众多略带红晕的白花。他暗暗回忆着那个雪天早晨的景象,心里涌起难言的激动。然而,如今在这里假若硬要去见聪子,那不是高明的办法。因为已经怀有明晰的热情,再没有必要凭借感情盲目行动了。

蓼科跟随车夫从边门出来,她一看到揭开车幔的清显的脸孔，茫然地伫立不动了。

清显拉起蓼科的手，硬是将她拽到车上来。

"我有话要跟你说，选一个没有人的地方吧。"

"哎呀，我的少爷……您这草窠里抡出个大棍棒来，叫我怎么对付得了，松枝太太刚刚回去，我，我还要忙着准备今晚上的家宴，哪里有闲空啊！"

"那好，你就赶快告诉车夫吧。"

清显不肯松手，蓼科只得说道：

"那就请朝着霞町方向去吧，从霞町三番地绕过三联队正门，走过一段斜坡路，下了坡就到了。"

车子跑起来，蓼科神经质地掠一掠鬓角的头发，眼睛一直盯着前方。同这个浓饰白粉的老婆子身贴身坐在一起，倒还是头一回。清显一阵厌恶，他第一次发现，这个女子那么矮小，简直像个侏儒。

随着车子不住摇晃，蓼科好几次不停地嘀咕，听不清说些什么。

"已经晚啦……一切都来不及啦……"

又说：

"怎么连一句话都不肯回呢？……要是在这之前，

什么都好说……"

清显沉默着,没有搭理,快到目的地时,蓼科指着附近说:

"我的一个远房亲戚在这里开设一所私人旅馆,专门接待军人,虽说脏一些,可旁边的厢房经常空着,到那里说话尽可以放心。"

明日星期天,六本木一带将要变成热闹的军人天下了。满街满巷都是穿着土黄色军装的士兵,他们陪伴着前来探亲的家属到处游逛,但是星期六白天里还看不到这番景象。清显坐在车上,闭起眼睛,随着车子驶上迂回的道路,确实感到那个雪天的早晨也是走过这里每处地方的。车子驶下坡道,清显同时想起那天也是打这段斜坡下去的。就在这个时候,蓼科吩咐车夫停下来。

这座位于坂下的房子,既无大门也无门厅,但庭院广大,围着一圈板壁,眼前是两层高的主楼。蓼科站在板壁外向楼上张望。建筑粗糙,看来楼上没有人,廊檐下的玻璃窗一律紧闭着。一排六扇玻璃门,镶嵌在花木格子里的玻璃明亮透剔,但看不清屋内情景。傍晚粗玻璃般的天空歪歪斜斜地映照在玻璃门上，对面正在修葺房顶的工人，也像水中的人影一样在玻璃门上晃来晃去。黄昏的天空就像湖水表面，微微含着忧郁，显现着一派横斜而润泽的气象。

"士兵们一回来，就变得闹嚷嚷的了，不过，租住这里的只是一些将校军官。"

蓼科边说边拉开旁边挂着鬼子母[1]神像的细木格子门，打了声招呼。

一个满头白发、高个子的初老男人走出来，嗓音沙哑地应道：

"哦，是蓼科大姐，快请进。"

"那边厢房可以用一下吗？"

"可以，可以。"

三人走过廊下，进入四铺席半的厢房，刚一坐下，蓼科就火急火燎地说道：

"我们马上就走，况且同这么漂亮的哥儿待在一起，人家会说闲话的。"

---

[1] 娘娘神，安产神。

她这句放荡的话语不知是对老板还是对清显说的。房间收拾得十分整洁，门口半铺席大的壁龛里挂着条幅画，一面是绘有源氏形象的隔扇。外表上看，给人的印象同简陋的军人旅馆大不一样。

"有什么事情啊？"

老板走后，蓼科立即问道。她看到清显默不作声，忍不住心中的焦急，不由又重复地问：

"究竟是什么事情？又偏偏选在今天来说。"

"我特地在今天来找你，请你安排我同聪子小姐见面。"

"瞧您说些什么呀？少爷。生米都已做成烂饭了……到了这个节骨眼上，还有什么可说的呢？从今天起，只能照上头的意思办理。正因为事出紧迫，我才三番五次又是打电话，又是写信，可您完全不理不睬。到了今天，还有什么话好说呢？不要再开玩笑啦！"

"这些都是你一手造成的！"

清显盯着蓼科涂满白粉、爆出青筋的太阳穴周围，摆出一副威严的神色。

清显揭露蓼科,聪子明明拆阅了自己的信,蓼科撒谎说根本没看;同时又在侯爵面前多嘴多舌,弄得清显的心腹不得不离开他。不知蓼科是真心痛悔还是虚情假意,反正是一个劲儿泪流滚滚,伏地道歉。

她掏出鼻纸擦眼泪,眼圈的白粉掉落下来,从那里现出一张老脸来。这样,擦得发红的颧骨上的皱纹,反而像揩拭口红后布满疙皱的绵纸一样鲜红,蓼科只管把哭肿的眼睛朝向空中,喃喃说道:

"真的都怪我不好,不管我怎么道歉也都无济于事了。要说道歉,更应该向小姐道歉,没有把小姐对少爷的一番心意原原本本对您讲清楚,这是我蓼科的不对。满以为处处都很周全,没料到适得其反。不过,少爷您想过没有?小姐看了少爷的那封信,她该是多么痛苦啊!而且,要叫她装出一副若无其事的样子在少爷跟前抛头露面,那得需要多大的勇气啊!于是,我出了个主意,趁着府上新年亲戚们团聚的机会,由小姐放开胆子直接向您家老爷问个明白。事情弄清楚了,小姐是多么高兴啊!打那之后,小姐对少爷朝思暮想,终于下定决心,趁着那个下雪的早晨,一个女孩家不顾羞愧，邀请少爷一起赏雪，让她感到活在世上是幸福的，连做梦都呼喊少爷的名字。后来经侯爵老爷的斡旋，洞院宫府上前来提亲，小姐知道此事之后，一心指望着由少爷拿定主意，可少爷一味不予置理，结果放过了时机。此后，小姐满心的痛苦真是三天三夜也说不完。眼看着皇上的敕许快要下达了，当时，小姐仍将最后一线希望寄托在少爷身上，说务必要请您知道这件事，不管怎么劝止，她都不听，所以就以我的名义给少爷写了那封信。最后的希望也断绝了，所以从今天起，一切都死心了。正在这个时候，您又来这么说，实在可惨啊！少爷您是知道的，小姐自孩童时代起就受到这样的教育，全心全意敬重圣上，到了这个关键时刻，她不会再动摇了。一切的一切，都来不及补救了。您要是气不过，您就冲着我蓼科来吧，拳打脚踢我都心甘情愿，只求您能够消气就成……总之，我已经无能为力，一切都太晚啦。"

听到这段故事，清显的一颗心被喜悦的利刃一下子划开了，同时，一切未知的因素全然消泯，自己的心底一派明净，无所不晓，觉得蓼科不过是重复说了一遍而已。

他感到自己产生了前所未有的敏锐的智慧，坚信有能力冲开当前被逼得走投无路的世界。他的一双洋溢着青春活力的眼眸闪闪放光。"先前叫她毁掉的信，既然被她读过了，那么我也来个相反的办法，利用那封被自己撕得粉碎的信，实现我的目的！"

清显一声不吭，一直盯着这个身材矮小、搽满白粉的老婆子。蓼科又掏出鼻纸摁在红红的眼角上。薄暮暝暝的室内，她那窄小的肩头看样子只要一把抓过去，随着咯咯脆响，就会立即化作一堆碎骨。

"还不算晚。"

"不，太晚啦。"

"不算晚，要是我把聪子给我的最后那封信，送给洞院宫家看看，将会怎么样呢？那可是请求下敕许之后写的啊。"

蓼科听罢这话抬起头来，脸色眼见着变得惨白了。

接着是长久的沉默。窗户上闪耀着光亮，主楼二层的房客回来了，扭亮了屋里的电灯。从这里望去，可以一眼瞟到土黄色军裤的一角。板壁外面传来豆腐店的喇叭声，梅雨初歇的夏季，肌肤潮润，法兰绒般温柔的黄昏渐渐扩展开来。

蓼科不停地在嘀咕着什么，似乎听到她说："小姐啊，我叫您不要那样做，不要那样做，这不……"看来，她曾忠告聪子，劝她不要写信。

清显一直沉默不语，这期间，他已经想好了对付的办法，胜利在望。无形的猛兽慢慢扬起了头颅。

"那么，好吧。"蓼科说道，"那就再见上一面吧。不过，那封信请少爷还回来。"

"可以，光是见面还不够。你得回避一下，让我们两个人真正单独在一起，过后就把信还给你。"清显说道。

二十七

三天之后。

雨接连下个不停。清显放学回来,制服外面套着雨衣,来到霞町的私人旅馆。他得到通知,聪子只能趁着这会儿伯爵夫妇不在家的时候,来这里相会。清显走进厢房,他怕制服被人看到,连雨衣也没有脱,老板来给他献茶,说道:

"您到这里来,只管放心,对我们这些舍弃俗世的人,用不着太客气,一切都请随意吧。"

老板退去了,一看,上次仰望二楼景象的那扇窗户挂上了遮挡视线的帘子。为了防止溯雨,窗户关得严严的,室内十分闷热。清显一时觉得无聊,顺手掀开矮桌上的小盒子一看,盒盖内侧的红漆湿漉漉的,渗出了汗水。

——聪子似乎来了,源氏隔扇那边响起窸窣的衣服声,有人窃窃私语,听不清说些什么。

隔扇打开了,蓼科用三个指头拄在榻榻米上低头行礼。她蓦地翻一翻白眼珠,无言地将聪子送进来,又立即关好隔扇,犹如乌贼一闪身子,钻入白昼潮湿的黑暗,消失了。

聪子眼下真正地坐在清显面前了,她低垂着头,用手帕捂着脸,另一只手支撑在榻榻米上,歪斜着身子,那雪白的后颈显露出来,宛若浮泛于山巅的一片小湖。

雨点敲打着房顶,清显感到身子直接包裹在雨声里,两个人默默地相对而坐。这样的时刻终于来临了,他几乎不敢相信。聪子无法再说一句话,是清显把她逼到了这种地步。她再也不可能像个大姐姐训诫他了,只有无言哭泣的份儿。眼下的聪子,正是他所希望的聪子的形象。

聪子穿着一身表面淡紫、内里暗红的夹层和服套装,不仅像一只豪奢的猎物,而且饱含着禁忌的、绝对不可能的、凛乎难犯的、无与伦比的美妍的姿色。聪子本来就应该是这样的啊！可是，正是聪子本人不断违背自己的形象，威逼着清显直到今天。看吧，只要聪子愿意，她就能变成那种神圣的美丽的禁忌；然而，她却一心一意地关爱他，同时又小觑了他，继续扮演一个假大姐的角色。

　　清显之所以打一开始就顽强排拒眠花卧柳的快乐，那是因为他早就洞悉并预感到聪子内里存在的最神圣的内核，犹如透过蚕茧守望着淡青的蚕蛹化作幼虫一般。而且，这一点必须同清显的纯洁相结合，到那个时候，他才能冲破缥缈而悲悯的世界的禁锢，使生活充溢着谁也不曾见过的完美无缺的曙光。

　　他感到自幼在绫仓伯爵家里培养起来的优雅的心灵，如今已经变成人世一根柔弱而凶险的丝绦，绞杀着他自身的纯洁。绞杀着他的纯洁，同时也绞杀着聪子的神圣，长久以来，这种用途不明的艳丽的丝绦，其真正的用途就在于此。

　　毋庸置疑，他确确实实沉迷于甜爱之中了。清显挪动膝盖凑近聪子，双手搭在聪子的肩膀上，她的肩膀顽强地反抗着,他的手臂对她拒绝的感应令他陶醉。这种大规模的、祭典式的强有力的拒绝,同我们所居住的世界一样广大。这是带着君临于她那蕴含着肉欲的香肩上沉重"敕许"的反抗般的拒绝。只有这样的拒绝才能最有效地炙烤着他的双手、焚烧着他的心灵。聪子前额上蓬松的头发露着梳子清晰的齿痕,闪亮的黑发芳香四溢,那光亮一直到达发根。他朝她倏忽一瞥,似乎感到不小心误入了月夜的森林。

清显将脸贴近她那露在手帕下的泪湿的面颊,她的头左躲右闪,无言地反抗着。然而,他感到聪子的摇摆实在软弱无力,她的拒绝来自游离于她心灵的遥远的地方。

清显揭开手帕想和她接吻,曾经在那个雪天的早晨饱尝过的红唇,如今一味地拒绝。拒绝到最后,她转过头去,像小鸟睡觉似的,将嘴唇用力抵在自己的和服衣领上,一动不动。

雨声越来越大,清显抱着女人的身子,打量着她浑身的衣着到底裹得有多严实。绣着蓟草花纹的衬领,紧紧贴着前胸,领口只留下一小片倒三角形的雪肌，犹如神殿紧闭着门扉。胸前冷然地围着宽大而厚硬的腰带结子，中央镶嵌着一枚光闪闪的黄金带扣。但是，清显感到她的衣袂和袖口漾出带有肉香的微风，轻轻吹拂着他的面孔。

他的一只手离开聪子的脊背，用力撮住她的下巴颏。聪子的下巴颏在清显的手指里犹如一颗象牙棋子紧缩在一起。她泪流潸潸，不停翕动着秀美的鼻翼。于是，清显得以将嘴唇重重地压了上去。

情急之中，聪子的心宛如打开的炉膛，增强了火势，腾起了神奇的烈焰。她的双手自由起来，按在清显的面颊上。聪子一面用手推押着清显，一面又被清显反推过来，她的嘴唇始终不离开清显的嘴唇。濡湿的樱唇荡漾着拒绝的余波，左右摆动，清显的嘴唇陶醉在绝妙的柔润之乡。由此，坚固的世界犹如投进红茶里的一粒方糖，一下子融化开了，从而进入无限甘美的令人销魂的境地。

清显不知道如何解开女人的腰带，那个坚实的鼓形结子顽固地抵抗着他的手指。当他强行要解开的时候，聪子的手伸向背后，一边用力抵挡着清显的手指，一边给予微妙的协助。两人的指头在腰带周围频繁地绞合着，不一会儿，腰带结拉扯开了，腰带随着低微的声响弹向前面。这时，仿佛是腰带凭借自身的力量在运动，犹如一场复杂的、难以收拾的暴动的开端，全身的衣服猝然发起叛乱。当清显急着想解开聪子胸间衣服的时候，周身的众多纽扣，有的变紧了，有的变松了。那个小小的被护持在胸前的白嫩的倒三角形，如今终于在他眼前扩展开来，露出一片芳香的雪肤。

聪子一言不发，也不说一个"不"字，分不清是无言的拒绝还是无言的诱导。她在进行着无限的诱入，无限的拒绝。似乎有一种东西使清显感觉到，同这种"神圣"、这种"不可能"战斗的力量，已经不单是自己一个人的力量了。

这究竟是什么呢？清显清清楚楚看到，聪子紧闭双眼，面庞渐渐泛起红晕，晃动着放荡的影子。清显只觉得自己揽着聪子后背的双手压力越来越大，那里面含蕴着微妙的羞涩的情味。聪子实在支撑不住了，只得仰面倒了下去。

清显撩起聪子的衣裾，友禅织造的长身罗襦的裙裾，镶着蛀字和龟甲云纹的绣花边，展翅飞旋的凤凰飘散着零乱的凤尾。清显向左右拨开衣裾，远远窥视着层层包裹的聪子的大腿。然而，清显感到依然过于遥远，还有重重云朵需要他去排解。他觉得，在那遥远而幽邃的地方隐藏着一个果核，狡狯地支撑着一个个接踵而来的繁杂，凝神静气地等待着他的到来。

聪子的大腿终于开始闪露一丝银白的曙光，清显的身子向上挨近的时候，聪子的手温情地从底下为他扶持；谁知这种惠顾却适得其反，他在即将接触而尚未接触那一丝曙光的时候，又突然草草收场了。

——两人躺在榻榻米上，眼睛望着天花板，耳畔又听到外面潇潇的雨声。他们激动的内心一时无法平静下来，清显虽说已经很疲倦了，但他并不想就此罢手，依旧处于昂奋之中。但是，两人之间洋溢的依恋之情，犹如暮色渐浓的房间的阴影依旧笼罩着胸间。这时，他似乎听到隔扇那边传来一声干咳，正想坐起身子，聪子悄悄拉一下他的肩膀，制止住了。

不久，聪子一声不响，乘兴跨越了爱的高峰，这个时候，清显才懂得随着聪子的诱导行事的欢悦。其后，所有的一切都可以饶恕了。

清显青春的活力立即苏醒过来，这会儿，他乘上了聪子平稳滑动的雪橇。当他随着女人的引导而前行的时候，他才初次体会到，不论怎样的难关都会畅通无阻，眼前风光旖旎。一阵燥热之余，清显已经褪去身上的衣服，他切实感到坚实的肉体宛若一艘采藻的小船，冲破激流与水草的阻力破浪前行。聪子的容颜不再泛起任何痛苦的暗影，面颊闪现出似有若无的喜悦之情，清显看在眼里，他并不觉得怪讶，心间的一切疑云顿时消隐了。

事后，清显再次抱住衣饰狼藉的聪子，紧贴着她的面颊，聪子立即珠泪涟涟。

他相信这是因幸福而流下的眼泪，聪子双颊涌流的泪水，最能清楚地证明他们所犯下的无法挽回的罪愆，蕴含着如何深沉的甜蜜与温情啊！但是，这种犯罪的意识，却使清显心中涌现一股勇气。

聪子拎起清显的衬衫，催促道：

"快穿上，别着凉了，呶。"

这是聪子的第一句话。当他要一把抓起衬衫时，聪子又轻轻抗拒着，将衬衫捂在自己的脸上，深深吸了口气，这才还给他。洁白的衬衫被女人的泪水微微濡湿了。

清显穿上制服，整顿完毕。这时，听到聪子拍手的声响，不由一惊。过了好一阵子，源氏隔扇被拉开来，蓼科探了探头。

"叫我吗？"

聪子点点头，眼睛示意了一下身边纷乱的腰带。蓼科关好隔扇，也不朝清显瞟上一眼，无言地跪着，从榻榻米上一点点挪进来，帮助聪子穿好衣服，系上腰带。然后捧过放在屋角的聪子的镜台，为聪子梳头。其间，清显不知如何是好，感到仿佛死去一般。室内已经亮起了电灯，两个女人郑重其事地忙活着，在这段长长的时间里，他早已成了个多余的人物了。

一切都收拾停当了，聪子美目流盼，垂首不语。

"少爷，我们该回去了。"蓼科代言道，"答应的诺言实现了，这回就请把我们小姐忘掉好了，您答应过的那封信还回来吧。"

清显盘腿而坐，一直沉默着，不肯回答。

"已经约好了的,那封信请归还吧,怎么样?"

蓼科又重复一句。

清显依旧一声不吭地打量着聪子,她坐在对面,装束齐整,毫发不乱,好像什么事也没有发生。聪子蓦然抬起头来,同清显的目光碰到一起,刹那之间,迅即闪过一丝清炯而犀利的光辉,清显知道聪子决心已定。

"信不能还,因为还要再见面的。"

一刹那,清显鼓足勇气说。

"哎呀,少爷。"

蓼科的声音含着愠怒。

"您怎么能像个孩子一样,说话不算数呢?……您想过没有,这样做是多么可怕,毁掉的可不光是我蓼科一个人哪!"

"算了,蓼科,要请清少爷尽早还信,那就只能再见一次面了。这是解救你和我唯一的一条路,如果你真的也想救我的话。"

聪子制止了蓼科,她清亮的声音仿佛来自别一种世界,清显听了也感到一阵战栗。

优雅即是犯禁,

而且犯了至高的禁律。

The Sea of Fertility I

SPRING SNOW

vol. 1

Yukio Mishima